梦歌 77 首
贝里曼诗集

77 Dream Songs
Poems of John Berryman

[美] 约翰·贝里曼　著
范静哗　译

雅众文化 出品

目录

I 译者序：漫谈贝里曼的《梦歌》
14 作者按

第一卷
19 梦歌 1 号
21 梦歌 2 号 大纽扣、纸高帽：上场
24 梦歌 3 号 给一个老畜生的刺激
27 梦歌 4 号
29 梦歌 5 号
32 梦歌 6 号 韦尔斯的一个柱头
35 梦歌 7 号 有保罗·穆尼的《鲨鱼岛的囚徒》
38 梦歌 8 号
40 梦歌 9 号
42 梦歌 10 号
44 梦歌 11 号
47 梦歌 12 号 安息日
49 梦歌 13 号
51 梦歌 14 号
53 梦歌 15 号
55 梦歌 16 号

	57	梦歌 17 号
	59	梦歌 18 号 献给罗特克的阔步曲
	62	梦歌 19 号
	64	梦歌 20 号 智慧的奥秘
	66	梦歌 21 号
	68	梦歌 22 号 关于 1826 年
	70	梦歌 23 号 艾克的歌谣
	73	梦歌 24 号
	75	梦歌 25 号
	77	梦歌 26 号
第二卷	81	梦歌 27 号
	83	梦歌 28 号 积雪线
	85	梦歌 29 号
	87	梦歌 30 号
	89	梦歌 31 号
	91	梦歌 32 号
	93	梦歌 33 号
	95	梦歌 34 号
	97	梦歌 35 号 美国现代语言协会
	99	梦歌 36 号
	101	梦歌 37 号 以老绅士为中心的三首
	103	梦歌 38 号
	105	梦歌 39 号
	107	梦歌 40 号
	109	梦歌 41 号

	111	梦歌 42 号
	113	梦歌 43 号
	115	梦歌 44 号
	117	梦歌 45 号
	119	梦歌 46 号
	121	梦歌 47 号 愚人节,或埃及的圣玛丽
	123	梦歌 48 号
	125	梦歌 49 号 醉瞎
	127	梦歌 50 号
	129	梦歌 51 号
第三卷	133	梦歌 52 号 无声的歌
	135	梦歌 53 号
	138	梦歌 54 号
	140	梦歌 55 号
	142	梦歌 56 号
	145	梦歌 57 号
	147	梦歌 58 号
	149	梦歌 59 号 亨利在克里姆林宫冥想
	151	梦歌 60 号
	153	梦歌 61 号
	155	梦歌 62 号
	157	梦歌 63 号
	159	梦歌 64 号
	161	梦歌 65 号
	163	梦歌 66 号

165 梦歌 67 号
167 梦歌 68 号
169 梦歌 69 号
171 梦歌 70 号
173 梦歌 71 号
175 梦歌 72 号 尊者风范
177 梦歌 73 号 枯山水,龙安寺
179 梦歌 74 号
182 梦歌 75 号
184 梦歌 76 号 亨利的自白
186 梦歌 77 号

189 贝里曼年谱
196 死后出版物
197 译后记

译者序

漫谈贝里曼的《梦歌》

美国中生代代表诗人约翰·贝里曼（John Berryman, 1914—1972）的《梦歌》是一部组诗形式的个人史诗，由385首"歌"组成，贝里曼自己曾用"切碎的"来形容这部作品。整部《梦歌》写作时间横跨二十年，最早的"梦歌"形式的诗行能够追溯到1947年，当然其中涉及内容所跨的时间比实际写作时间更长。贝里曼一直一边写一边思考如何将数百首《梦歌》按照某种结构进行编排，但似乎始终没有一个明确的可循的线索，所以现在被称为《梦歌》的这部长诗，从表面上看，要么是一首一首互不相关的诗，要么是具有某种内部关联的一组一组诗。现行的《梦歌》分为两部出版，第一部《梦歌77首》出版于1964年，获得当年的普利策诗歌奖；第二部"梦歌"以《他的玩具、他的梦、他的休息》为题于1969年出版，并获得美国国家图书奖。不算未完成的断章碎片，已经完成但没有发表的成篇"梦歌"还有几百首；1977年，贝里曼研究专家约翰·哈芬登（John Haffendan）将其中的45首以《亨利的命运》为题集辑出版。当整部《梦歌》出版时，贝里曼的"作者按"有这样的话："回应评论家是很无聊的，但有些讨论《梦歌77首》的人实在是太不着边际（这话印刷出来就该道歉了，但有谁见过道歉呢？），所以我就容许自己说一句。这部诗，无论其中的人物多么繁杂，本质上是关于一位名叫亨利的想象出来的人物（不是诗人，不是我），是一位美国白人，初入中年，有时是黑脸，经受过不可逆转的丧失，有时用第一人称有时用第三人称有时甚至用第二人称谈论他自己；他有一个朋友，从没有被命名，会称他为骨板先生或由此衍生出的其他变体。"

贝里曼1947年就写了他后来认为是第一首的梦歌，那首诗的第一行是"那开心的老头是个愚蠢的老哑巴"（The jolly old man is the silly old dumb）。当然，那时他并没有意识到它会成为"梦歌"，也不知道后来的梦歌会按照哪种口吻和方式写，在写作梦歌中的过程中，他曾几度考虑要以哪一首诗结束《梦歌》。在他儿子出生的第二天夜里，他在日记里记下："《梦歌》应该恰好以这件事结束。"当然，他一直以为他那次生的应该是一个女儿而不是儿子。《梦歌》的最后一首，第385号的最后三个词是"我沉沉的女儿"（my heavy daughter）。贝里曼的藏书、手稿、日记等收藏于其生前任教的明尼苏达大学图书馆。

这部诗之所以被命名为《梦歌》，可以做如下几方面的解释。一、所谓《梦歌》，当然可以作为"梦"来看，梦之歌所写的便是日之所见所思而发的夜梦，这样的组歌是不需要什么线性逻辑的,甚至连弗洛伊德的"梦之运作"也运用不上。有人甚至曾试图从数字序号出发对他出版的三本诗集进行研究,但从诗人选择出来供出版的"梦歌"来看,似乎很难说其中有什么可经证实的逻辑(除了主人公的情绪线索)。甚至可以说,这些歌的创作过程便是做梦过程。二、仅在1954—1955年之间,贝里曼就记录了好几百页的梦,并不时地加以分析;也是在1955年底,他写出了最早的"梦歌"(和很多早期的梦歌一样,都没能收进后来的《梦歌》。梦之歌也许更应该被理解为"白日的梦幻"(不是"白日梦"),这是一种亦真亦幻的联翩浮想。我们可以想象处于半醉半醒之间的诗人在不分现实和幻想、不在此时此地也不在彼岸世界的状态下躲在斗室里涂涂改改,一会儿假话真说,一会儿真话假说,一会儿以我作他,一会儿以他作我。这部诗中有几个角儿扮演着同一个人,或者同一个人戴着不同面具依次或同时出场,互相观察或自我省察。也许耽于杯中物的贝里曼一样可以自问,谁知道是我审视蝴蝶还是蝴蝶审视我呢?关键在于,这里有一个落实为文字的文本使得所有的我／我们／他们有了栖身之所。三、这些文字构成的场所到底是一个怎样的世界?《梦歌》的世界是围绕一个人建立起来的,这个人叫作亨利。《梦歌77首》初版的"作者按"中,贝里曼说过这样的话:梦歌中的诸多观点和错误不应该推给主角亨利,更不该推给作者,而应该推给这部作品的标题。这是就作品中隐晦难解、语言混杂这一层面来说的。

语言背后当然有一个具有自我意识，且能够回顾与前瞻的说话人，我们可以姑且称为"亨利之眼/俺"（Henry's Eye / I）。这个可以看到周身景象的眼，这个人，似乎一直被某种不可抗拒的力量追赶着，在人间逡巡，犹如但丁虽然有维吉尔引领着，主要却是被地狱中的一幅幅可怖景象追命鬼似的催促着向前；整部《梦歌》中，我们时常会看到诸如"再会"和"向前"这类催命勾魂般的字眼。当然，"亨利之 Eye / I"看的是人间人事，但更可称之为人间炼狱，而且亨利的路并不一定就能通向一个有灯盏或星星的出口。

《梦歌》是一部反乌托邦的《神曲》，诗人在活人世界里游荡并记录；我们知道《神曲》是一场幻梦式的寓言，在这一点上《梦歌》和《神曲》是一致的。《神曲》是以三联韵诗节（押韵方式为 ABA，BCB，CDC，……）写成，我相信贝里曼为《梦歌》创造的诗节似乎是以两个三联韵诗节作为基础组成的，而三个六行诗节组合在一起则无论在长度/结构上还是在主题发展上都和传统的十四行诗接近。还可以说这使得诗篇在暗中接近了传统的爱情诗，或者说，这些"歌"是唱给亨利及（曾经）活在亨利世界中所有人的挽歌。当然，每个诗行的音节与传统的三联韵或十四行诗都不一样，贝里曼《梦歌》诗节的音步是 5—5—3—5—5—3，可以押完整的韵、半韵、谐韵等；这里的译文只能尽量押韵，但显然不可能也不必要和原文韵脚保持一致。

《梦歌》有歌的元素吗？毕竟，英语中"梦歌"就是把"梦"和"歌"不合语法地并置。据说贝里曼能够背诵200多首流行歌曲的歌词，这可是不容小觑的资源。贝里曼这一代人的创作思想是以反叛盛现代派（High Modernism）来进行自我构建的，而且他们的语言风格都可以说是在对以 T. S. 艾略特、W. H. 奥登等为代表的纯正语言的反叛中形成的。贝里曼曾在美国国家图书奖的授奖演说中这样说："我自以为长诗《布兰德斯特里特》[指出版于1956年的长诗《向布兰德斯特里特夫人致敬》（*Homage to Mistress Bradstreet*）]是对《荒原》从人格到情节的进攻……我自以为《梦歌》对英美诗歌每一种可见的倾向都充满敌意。"罗伯特·洛威尔（Robert Lowell）在给贝里曼的一封信中曾描述他们这一代诗人只是"弗罗斯特、庞德、艾略特、玛丽安·摩尔他们令人尴尬的跟风者"。这就是所谓的美国中生代诗人的尴尬。英美学者基本上同意美国中生代诗人主要包括戴尔莫·施瓦茨（Delmore Schwartz）、兰德尔·贾雷尔（Randall Jarrell）、约翰·贝里曼和罗伯特·洛威尔等人。他们年龄相仿，经历类似，刚踏上诗坛的时候诗风接近。有关这一代人，洛威尔也有过这样的诗句："说实话我们有一样的人生／我们这一代提供的／同一个属类。"和前人相比，一个引人注意的特征便是他们对流行文化的接近。尽管他们大多数有着学院背景，而且从某种角度来看，他们对流行文化仍然是批判多于赞赏。这里主要是指流行音乐、酒吧还有电影,《梦歌77首》中有很多诗出现这些元素。

如前所说,《梦歌77首》出版于1964年。题献是"献给凯特,并献给索尔"。凯特(Kate)是他的妻子凯瑟琳·安·多诺霍(Kathleen Ann Donahue),而索尔则是他的终生好友,小说家索尔·贝娄(Saul Bellow)。贝里曼对他的小说《奥吉·马奇历险记》(*The Adventures of Augie March*)推崇有加。1953年新年过后的第一周,他把贝娄的小说打印稿带回家,本打算留到下一个周末再看的,谁知道他一读便难以罢手,一边看一边高声啧啧赞叹,"真是绝了!贝娄真是绝顶的天才"。他一口气读到星期天凌晨4点,读完后就在大冷天跑到贝娄的住处,死命捶他的窗子,把贝娄从梦中敲醒,告诉他说这本小说太棒了。十个月之后,小说出版并没有引起如贝里曼所期待的回响,所以他不得不为《纽约时报书评》写一篇文章,将贝娄的这本小说与美国文化的关系比作《尤利西斯》与爱尔兰文化。

《梦歌77首》引了四句话作为题记。

第一句:"那日你临近我。"这句话取自《圣经·耶利米哀歌》(3:57),上下文是:"我求告你的日子,你临近我,说:'不要惧怕!'"

第二句:"进去,黑人,今儿这日子可是你自个儿的。"这一句没注明出处,但是这句模仿黑人口吻说的话可追踪到一本与《梦歌》很有关系的书。那就是卡尔·维特克(Carl Wittke)出版于1930年的《手鼓与骨板》(*Tambo and Bones*），这是一本考察黑人巡回说唱表演（minstrelsy）的书。这种巡回说唱表演中的角色都是由白人扮演的，表演连说带唱的逗趣节目，往往是拿手鼓的在舞台一端，拿骨头响板的在另一端。作为题记的这一句话，就是按照这两个白人扮演的黑人口吻说的。这让我们注意到这种表演的"表演性"（虚假性或者离间效果），而整部《梦歌》中的对话性是构成和理解这部诗歌的关键。至于为什么白人要扮演黑人呢？这起码可以从以下三个方面来考察：1. 黑人文化因素的活泼与生机，如这种演出中的布鲁斯、爵士乐、即兴发挥，等等；2. 滑稽作为一种反思、一种暂时的缓解和松弛、对日常生活理性的嘲弄；3. 黑人作为与白人相对的一个他者，可以构成无数经典的人物或概念组合的翻版，我们可以举的例子有堂吉诃德和桑丘、李尔和弄臣，甚至本我和自我等。著名女性主义学者苏珊·古芭（Susan Gubar）在论述美国文化中的白皮黑脸现象的专著《换种：美国文化中的白皮黑脸》（*Racechanges: White Skin, Black Faces in American Culture*，牛津大学出版社，2000年）中，甚至说这是因为白种男人对自己的阳具怀着自卑情结，所以通过模拟黑人获得某种（虚假的）满足感或优越感，以应付自己生活中的挫折，而"骨板先生便是贝里曼的空想阳具，他欢跳的骨架，投入地跳起一场爱与死的舞蹈，永不枯竭地愉悦心脾"（第165页）。虽然我们不必同意她的这一论断，但必须承认这黑人的角色骨板先生实在为诗歌带来了很大的阐述空间。

第三句："……他们都以我为歌曲。"这句来自《圣经·耶利米哀歌》(3:63)，这句话出现在向耶和华的呼求中，上下文是："耶和华啊，你听见他们辱骂我的话，知道他们向我所设的计，并那些起来攻击我的人口中所说的话，以及终日向我所设的计谋。求你观看，他们坐下、起来，都以我为歌曲。"原文中的"歌曲"［musick（钦定版《圣经》文本）］实际上有谐戏取乐的意思。因此，有的《圣经》版本直接翻译为"我都是他们的笑柄"。

第四句："但是还有另一种方法。"这取自南非改革家、作家奥利芙·施莱纳（Olive Schreiner）出版于1914年的书《梦》。施莱纳小姐认为艺术家通常有两种方法呈现"真实"：其一为"舞台法"，也就是人物的表现有如创作者意志的木偶；"但是还有另一种方法——我们都在过的生活方法。这里一切都无法预测。人们的脚步奇怪地来来往往。人们出场、互相表演并再度表演，然后死亡"。这后者才是施莱纳所赞同的方法。

综观这几句题记，似乎可以推测出贝里曼《梦歌77首》的潜含结构。这里的"另一种方法"传达出贝里曼的创作原则和对话性结构，而那句黑人口吻的话则暗示这些梦歌是在怎样的舞台上上演何人的七情六欲和困顿挫折。《圣经》中的引语则指向这部作品根深蒂固的主题：（哪怕被人笑话，也）不要惧怕。

最后，有关翻译。贝里曼的《梦歌》是现当代英语诗歌中最难理解的作品之一。他的语言风格怪异：太多不符合语法规则的结构——语序颠倒很多，词形也常会混用；太多不符合通行拼写规则的用词——他会生造或扭曲很多字词短语；再加上刻意模仿或生造黑人用语，这都给翻译带来很多困难和不便。为了不让读者太过因歧义而难懂，对于黑人俚语的翻译基本上用规范汉语，语序会调整得比较正常。另外，《梦歌》中的用典经常很隐晦，这一方面是因为涉及很多隐私性质的人物事件，作者刻意不明说；另一方面是因为当时社会上发生的、作者个人经历及阅读到的很多事件，在作者面对西方当时的读者时，似乎并不需要注明，但对于中文当代读者来说，可能就有些隔阂。因此，虽然我通常主张诗歌翻译不应该多做注释，但这里还是尽可能地追踪我认为有必要注释的点，希望能够对读者理解这部诗集有所帮助。尽管贝里曼坚持诗中的事件和想法不是他自己的，而是亨利的，但实际上诗歌中的很多事实确实是贝里曼的经历；然而如果把与这些经历紧密相关的感发也归为贝里曼的，似乎有点不合适。例如，文中出现的coon（对黑人的蔑称），是当前比较敏感的有关黑人的指涉，这自然不能说是贝里曼的种族歧视。鉴于《梦歌》中亨利与贝里曼的关系很难在每一处区分（即便诗歌中的经历是亨利的，但说到底亨利并不存在，或者说并不存在于那些真实的相关事件中），因此，为了行文方便，也便于读者理解，我还是以贝里曼的生活轨迹注释诗歌。

献给凯特,并献给索尔

"那日你临近我"

"进去,黑人,今儿这日子可是你自个儿的。"

"……他们都以我为歌曲。"

——《耶利米哀歌》3:63

"但是还有另一种方法。"

——奥利芙·施莱纳

作者按

本册所收作品属于一部长诗的几个部分，长诗仍在写作中，这些也自成一个版本。自从 1955 年起，长诗的题目就一直拟定为《梦歌》。有一首（第 2 号）是献给莱斯老爹（Daddy Rice）的，他自 1828 年起在（肯塔基州的）路易斯维尔扮演"乌鸦吉姆"（Jim Crow），在台上唱跳（1836 年以后在伦敦）。其他诗篇献给多位朋友：罗伯特·吉罗（Robert Giroux）（第 7 号），约翰·克罗·兰色姆（John Crowe Ransom）（第 11 号），霍华德·蒙福德（Howard Munford）（第 24 号），拉尔夫·罗斯（Ralph Ross）（第 27 号），罗伯特·菲兹杰拉德（Robert Fitzgerald）（第 34 号），丹尼尔·休斯（Daniel Hughes）（第 35 号），威廉·梅瑞迪斯（William Meredith）（第 36 号），西奥多·莫里森夫妇（the Theodore Morrisons）以及奇泽姆·金特里夫妇（the Chisholm Gentrys）（第 37、38、39 号），托姆斯医生（Dr A. Boyd Thomes）（第 54 号），埃德蒙与埃琳娜·威尔逊夫妇（Edmund and Elena Wilson）（第 58 号），乔治·安姆伯格（George Amberg）（第 63 号），马克·范·多伦（Mark van Doren）（第 66 号），艾伦与伊莎贝拉·泰特夫妇（Allen and Isabella Tate）（第70号），索尔·贝娄（第75号）。承蒙一些执编刊物的编辑垂爱，发表了一些"梦歌"，在此一并谢过：《泰晤士报文学增刊》《高贵的野蛮人》《观察家报》《诗刊》《党派评论》《遇》《西北诗歌》《纽约图评》《新共和》《明尼苏达评论》《哈珀斯》《壁垒》《耶鲁评论》《肯庸评论》。"梦歌"中的诸多观点和错误不应该推给主角亨利，更不该推给作者，而应该推给这部作品的标题。

约·贝

第一卷

梦歌 1 号

亨利怒冲冲，隐藏不见，整整一天，
心戚戚的亨利，愠色满脸。
我看得出他那念头，——想把事情解决得干脆。
一想到他们都认为
自己能够做到，亨利就怄气而心灰。
但他本该站出来，把话说透。

这整个世界就像个毛绒情人
站在亨利一边，从前似乎如此。
后来就有了离开。
此后再也没什么按可能或应该那样发生。
我不明白亨利被撬开
给整个世界看透，怎还能活在人世。

他现在要诉说一个冗长的奇迹，
这世界还能忍，也必须受。
从前我在一棵悬铃木上多么开心，

站在梢头，引吭高唱。

此刻强劲的大海猛烈冲撞大地，

每一张床都越发空空荡荡。

译注：
1. 题注：这首诗的草稿估计早在1958年4月（8日？）就写成了，与这首诗同时写出来的可能是第52号的草稿。当时，贝里曼因酗酒入院，刚出院，和当时的妻子（第二任）大吵一场，所以闷闷不乐地躲在家里不见任何人。第1节和第2节的部分内容写的应该与此有关，而第52号则有这样的诗行"独自一人。他们全都抛弃了　　亨利"。
2. 第2节第3行："后来就有了离开"，"离开"很可能指他父亲的自杀。1971年3月29日，贝里曼写道："我一直以为这第一首诗有关他（亨利）父亲的自杀。"后来他在一次采访中又说，这首诗关乎人类的堕落，这种堕落呈现为两层意思：出生的创伤记忆和被逐出伊甸园。
3. 第3节第3行："在一棵悬铃木上"说的是贝里曼在普林斯顿大学时高兴起来爬到他情妇小院里的一棵悬铃木树上。爬树，在贝里曼的诗歌中，往往与私通有关，如第57号。
4. 第3节第6行：这一行回应着黑人布鲁斯女歌手贝西·史密斯（Bessie Smith）的歌曲《空床布鲁斯》（Empty Bed Blues）的歌词（参见《梦歌68号》）。贝里曼记得很多歌词。

梦歌 2 号 大纽扣、纸高帽：上场

这妞儿被封了地盘！没有夜店、
没有酒吧，没有醉人的免税道，
想做交易也没地儿，
不见人闲逛、不见人讨要。亨利
搞不懂了。是不是人人都去了缅因州，
龙套工也上了火车？

时候一到，所有黑兄弟都上场，可他
来不来？我们来一场土风舞吧，妞儿，
玩个忧郁，耍个油滑，
假若这一切你都非要不可。脱掉，
老香肠，饶了我们就好，蜜人儿；所以
还是坚持一晚贞操。

——骨板爵士，高洁骑士格拉海：
你善良守法得令人称奇。您感觉可好？
蜜糖，黄昏匍匐，摊开四肢。

——打得坚挺。不过，称王还是成虫，随意。
拜票的跑腿猫来了，好啊，万岁。
我在我的大洞里投票。

译注：
1. 题注：这首诗献给莱斯老爹，他的本名叫托马斯·达特茅斯·莱斯（Thomas Dartmouth Rice，1808—1860），涂黑脸扮演黑人，被认为是美国巡回说唱表演之父，他扮演的角色名叫"乌鸦吉姆"。"大纽扣、纸高帽"指角色的装扮。贝里曼实际上并没有看过真正的巡回说唱表演，他在1963年的一封信中承认了这一点，不过他说他看过杂耍表演。贝里曼因为读到一本叫作《手鼓与骨板》的书，而对此有所了解。巡回说唱表演由白人扮演黑人，在台上一唱一和的两个角色分站于舞台两边，各自拿着一件乐器。其中一个是这里首次出现的诗中关键人物"骨板（Bones）"，他拿着骨头响板应和着另一头敲鼓的演员（Tambo），多少有点一逗一捧的味道。这里的"上场"可说是宣布演出开始，而第二节的"黑兄弟都上场"可能指所有演员在演出结束时上场跳舞。
2. 第1节：这首诗写于1962年的感恩节，当时贝里曼在波士顿做一场诗歌朗诵。第一节的背景是选举日当天所有酒吧都必须关门。
3. 第3节第1行："骨板"这个面具一样的角色对于理解这部长诗中的人物有着关键的作用，贝里曼说诗中的亨利有时是一个黑人，因此经常会说不标准的俚语。骨板先生的意义，根据贝里曼的意思，在于亨利需要一个对话人；但他又在另一处说，骨板先生就是死神。这里称骨板为爵士，因为把他与格拉海（Galahad）连在一起。格拉海是亚瑟王传说中最纯洁的一位圆桌骑士,他独自一人找到了圣杯。

4. 第3节:这部诗中有许多油嘴滑舌的语言,例如最后一行中"大洞"的原文 hole(洞)既可说是 hall(大厅、大堂)的谐音,又可说是脏话 ass-hole(屁眼)的简称;如果联系后面的耗子比喻(梦歌7号和13号),以及这句诗的上一行("拜票的跑腿猫")来读,这里的洞就是指老鼠洞。"拜票的跑腿猫"原文是 Poll-cats,同时又是 polecat(臭鼬)的谐音,而臭鼬则是对黑人选民的轻蔑;谐音拼写是贝里曼诗歌中常用的手法,使得一个有可能是生造出来的词具有多种可能的解释。

梦歌 3 号 给一个老畜生的刺激

合欢,烧焦的没药,丝绒,扎人的刺,
——我没这么年轻但也没那么老,
这可人儿年方二十三,已被搞残。
刚被人甩掉的感觉还有一丝残迹,
嘴都没人亲。
(——我的心理医生能舔你的医生)女人常遇下作事。

所有这些老贼或迟或早
总会得手。我一直在翻阅旧期刊。
哥特瓦尔德公司,现已破产。
胸膛肥厚会死。双重间谍,乔。
她大气不出,如海豹,像一纸封条,
而且更白更加光滑。

里尔克是个怪胎。
我容忍他的种种悲戚和他的音乐
以及他那帮着魔的哀怨的贵妇。

一道门槛比那一圈圈还要糟糕，

在那里恶人安居并潜伏，

里尔克的，如我所说，——

译注：
1. 题注：1948 年 5 月 7 日星期五，贝里曼读到英国诗人斯温伯恩（Algernon Charles Swinburne，1837—1909）的一封信，说法国色情小说作家萨德侯爵是"给一个老畜生的刺激物"（其实斯温伯恩自己的诗歌作为浪漫派的余波，还是蛮情色的）。
2. 第 1 节第 2 行：1955 年某一日，贝里曼注意到一个叫作苏珊的女生说自己"没这么年轻但也没那么老"。
3. 第 1 节第 6 行：1948 年元旦，贝里曼参加一个晚会，其间有一个女人对贝里曼说，她很想告诉他的诗人好友戴尔莫·施瓦茨："我的心理医生能舔你的医生。"
4. 第 2 节第 3 行：哥特瓦尔德是指捷克斯洛伐克总理克莱门特·哥特瓦尔德（Klement Gottwald），他 1946 年当上了总理，1948 年当上总统，服从苏联的利益，进行了党内的路线斗争大审判，导致多位同僚被杀害，他自己死于 1953 年。贝里曼 1948 年 3 月 24 日的日记对此有所记录。
5. 第 2 节第 4 行："胸膛肥厚会死"，据说贝里曼看到《生活》杂志上有一篇文章说运动型体形的人容易得冠心病死亡。"双重间谍，乔"中的人名"乔"不知道指谁，不过有人认为指约瑟夫·麦卡锡（乔是对约瑟夫的昵称），因为在麦卡锡时代很多人被怀疑为间谍或双重间谍。
6. 1955 年 4 月 16 日，贝里曼曾经写过一封没有发出的信，其中谈到里尔克："跟你说实话：里尔克身上有一种令人恶心的东西，没有人味、缺少男人气、学女人的忸怩样。我不是说同性恋，例如惠特曼和奥登就不一样，还有马洛，人们不会反感。癞蛤蟆似的……我不知道该怎么说……我承认他是一个很奇妙的诗人。"里尔克在《杜伊诺哀歌·第九首》中运用了门槛的意象，但亨利认为不该把这个日常象征与人类的苦难相联系，因此干脆也以一种夸张的方式将门槛比作但丁《神曲》中的"圈"。

梦歌 4 号

用辣子鸡填塞她那结实
而令人垂涎的身体,她瞄了我
两次之多。
我兴奋得发晕,馋馋地呆望
只因她丈夫外加四人在场
我才没有如虎扑食

或跪倒在她玲珑的脚下高呼
"你是多年的黑夜里最火辣的一个,
爽得亨利的双眼
晕乎乎,亮丽的景儿。"我朝前挪挪
吃我(绝望的)果仁冰激凌。——骨板爵士:撑了,
这世界,满是饕餮的妞儿。

——黑发,拉丁肤色,珠宝似的眸子
向下瞄……那个乡巴佬在她身边　盛宴哪……看那下面
她坐在怎样的奇观上啊?

饭店嗡嗡如蝇。她有可能在火星上出现。

这一切为何竟然出了错？该是有什么法则与亨利作对。

——骨板先生：确实对。

译注：
1. 题注：这首诗写于明尼阿波利斯一家名叫Gaslight（煤气灯）的饭店。
2. 第3节2—3行："看那下面／她坐在怎样的奇观上啊？"中"那下面的奇观"是指她的屁股。

梦歌 5 号

亨利坐进了酒吧形单影只,
一杯又一杯总是见了底,
和这世界及其上帝较上了劲,
他的老婆什么也不是,
殉道者斯蒂芬,
正在扯平。

亨利坐上了飞机心情欢畅。
小心翼翼的亨利从不大声嚷嚷,
但是当云彩中冒出圣处女
从光芒中落向她故乡的圣山,
他的思路产生疙瘩而飞机有些颠簸。
"宽恕我,圣妈。""没问题。"

亨利躺在网兜里,狂浪无忌,
与此同时鹰鹃啄着鳞片;
心碎先生,新人,

来此地耕作一畦疯狂之地；

新生儿的指甲上

映着一个死人的形象。

译注：
1. 第1节5—6行："殉道者斯蒂芬"说的是基督教第一位殉道者，他是被石头砸死的（stoned），而英文的stoned还指喝酒喝醉了，而亨利喝醉了（stoned），所以两个人就"扯平"了。
2. 第2节：这一节素材来源于贝里曼1957年夏天到印度去巡回演讲的经历。在美国新闻处（the United States Information Service）的安排下，贝里曼于1957年7月6日飞往日本（参见《梦歌73号》），然后去加尔各答、孟买、浦那等地演讲美国文学，前后近两个月，接着他转道意大利、西班牙而后回国。在飞往意大利时，他从空中看到希腊东北部的阿陀斯山（Mount Athos），瞥见一个圣女从云间浮现，宽恕了他的种种罪过和不敬。"他的思路产生疙瘩而飞机有些颠簸"曾经被用作他一本限量出版的诗歌小册子的标题。
3. 第3节第2行：鹰鹃（brainfever bird）是印度很常见的一种布谷鸟，消化能力很强；印度的马拉地人认为这种鸟的叫声听起来像是"要下雨了"，也像北印度语的"我情人在哪儿？"。
4. 第3节第3行："心碎先生"指J.赫克特·圣约翰·德·克雷沃科尔（J. Hector St. John de Crèvecœur），他是法国人，移居纽约，写了多本有关当时美国的生活与社会的书，他的名字在法语中意思是"心碎"。克雷沃科尔有一篇文章《什么是美国人？》，在其中他把美国人称为"新人"（the New Man）。

5. 第3节5—6行：西班牙作家塞万提斯的一篇题为《狗的对话》的小说，其中有这样的内容：蒙迪拉的女巫卡马查可以"让活人或者死人出现在镜中，或者出现在新生儿的指甲上"。

梦歌 6 号 韦尔斯的一个柱头

在老爸走着的当儿——他现在看来
在软木板上多么低落,亨利,走过去
看他是否感觉到了什么,谁知道?——
当他粗俗的老爸走过,一位先驱
崛起,能拥有的所有好运噩运
都返回到那个在半山空飞扬的男孩,

那个从佛蒙特州出走的孩子,在济慈
因无望的逃不脱的欲望而盗汗时,
亨利的命运,和伊桑·艾伦成为领头人,
一切都得穿过那位盲人初始的梦境,
那时,戴正在残杀波特而恋人不得不
彼此永远离分,假设你能想象,

当红衣主教的伪装不能将伊尼阿斯
排除在外,当某些人心中的中国疑虑
隐秘地增长,趋向其极限,

当一只饿狮在水洼边愁眉不展

心烦意乱,当阿伯拉身子还很完整,

这些石葡萄就一直源源不断,我的朋友。

译注:
1. 题目:题目指的是英国萨默塞特郡韦尔斯大教堂的柱头,这首诗最后一行的"石葡萄"就是教堂柱头上的装饰图案。
2. 1—2节:有关贝里曼的家族,我们首先应该知道的是,诗人贝里曼的名字来源于他的继父,他亲生父亲的名字叫约翰·艾伦·史密斯(John Allyn Smith)。他生父自杀后,他妈妈改嫁的丈夫叫约翰·贝里曼(John Berryman),而诗人贝里曼在十二岁的时候正式更名约翰·艾伦·贝里曼(John Allyn Berryman)。诗人贝里曼的原姓史密斯一家一直自认为是来自佛蒙特州的反抗英国殖民将领伊桑·艾伦(Ethan Allen)的后裔。"一位先驱崛起"是说贝里曼曾祖父1866年从佛蒙特州移居明尼苏达,在当时可算是先驱者。
3. 第2节1—4行:英国诗人济慈的名字也是约翰,而"那位盲人"指英国诗人弥尔顿,名字也叫约翰,都和贝里曼有相同的名字。"济慈无望的逃不脱的欲望"指的是济慈生命最后一年爱着范妮·布劳恩(Fanny Brawne)而不得,这被比附为亨利的欲望(参见《梦歌69号》)。
4. 第2节第5行:"那时戴正在残杀波特"中的戴是指约翰·戴(John Day),据说他杀害了英国十六世纪剧作家亨利·波特(Henry Porter)。当时,贝里曼正在教授文艺复兴文学,这之前他一直在准备写一部莎士比亚评传,而且已经用完了预支的稿费,所以对这一段很熟悉。虽然贝里曼最终还是没有写成莎士比亚的评传,但1999年他有关莎士比亚的文章被收集起来，以《贝里曼的莎士比亚》为题出版，厚达 400 页。

5. 第 3 节第 1 行：伊尼阿斯在此指 Aeneas Sylvius（1405—1464），他经过与红衣主教们的激烈争斗，最终被选为教皇。

6. 第 3 节第 2 行："中国疑虑"大概是指自中世纪以来西方对于东方文明（中华文明）是否存在有怀疑，尤其与马可·波罗所描写的有关。

7. 第 3 节第 5 行：这里的阿伯拉指的是中世纪法国著名神学家皮埃尔·阿伯拉（Pierre Abélard，1079—1142）。他是最早将哲学与神学融合的经院哲学家之一，尤其喜欢辩论，是当时最受欢迎的教授。早前在巴黎担任讲师时，爱上法政牧师富尔贝（Fulbert）的侄女爱洛伊斯（Heloise），两人秘密结婚并生有一子。然而爱洛伊斯为了阿伯拉的前途（当时结婚的人已经不能进入神学院上层），否认了他们的关系。结果她的叔叔派人阉割了他。虽然他们被迫分开，但阿伯拉死后，最终爱洛伊斯的遗骨也安葬在他身侧。阿伯拉的事件是西方文化史上的著名事件，众多文学艺术作品一再表现他们的故事，电影《天堂窃情》（*Stealing Heaven*）就是由他们的故事改编。

8. 有关本诗：一般认为，贝里曼之所以写这首表达反叛与诗人命运的诗，与他 1955—1956 年间在明尼苏达大学的教职有关。当时，贝里曼在明尼苏达大学很受排挤，许多人认为应该撤销他任教的跨学科部，这对当时急需获得终身教授（tenure）职称的贝里曼来说非常不利。在这之前，他刚刚因为酗酒闹事被拘留一夜，因此被爱荷华大学解聘，幸有诗人好友艾伦·泰特（Allen Tate）的积极活动和推荐，他才在明尼苏达大学获得盼望已久的大学教职。

梦歌 7 号 有保罗·穆尼的《鲨鱼岛的囚徒》

亨利老了,老了;因为亨利记得的是

行动先生的喇叭,"配角"影院,

还有《宾虚》中的赛跑,——有声的《消失的世界》,

以及《来自布朗基的男人》,这电影他没深挖,

也没看懂一句字幕,

困惑的亨利,在那些大佬们狂笑的当儿。

现在亨利俨然一个大佬无疑。

滑稽得要死;他并不觉得如此。

他就在这附近转悠。

德语、俄语电影都很火,

又转向了意大利和日本,而许多人

却被禁止这么做。

他只愿能够再动弹动弹,"猫头鹰"

已在偷马贼中先人一步,威廉·S 刚刚

放弃某种深层优势,向前迈进,

而砍刀手哈特莱已将事件录成带子

鼠辈正在飞翔。因为老鼠们

大多数已搬了进来,这次是当了真。

译注:

1. 题注:这首诗献给罗伯特·吉罗,美国最著名的诗歌出版社 FSG(Farrar, Straus and Giroux)的创建人之一。吉罗特别喜欢看电影,后来成为全美电影评论委员会主席。题目中的《鲨鱼岛的囚徒》(*The Prisoner of Shark Island*)是约翰·福特(John Ford)导演的一部电影,讲的是暗杀林肯的医生杀手后来被囚于鲨鱼岛,但这部电影不是由保罗·穆尼(Paul Muni)出演的;贝里曼 1936 年 10 月 10 日看过这部电影,至于为何有这个错误,不知道是记错了还是故意的。同样,《消失的世界》(*The Lost World*)是默片,他却加上了"有声的"。

2. 第 1 节第 2 行:"行动先生"指弗兰克·卡普拉(Frank Capra)1936 年导演的电影《行动先生进城》(*Mr. Deeds Goes to Town*),由加里·库珀(Gary Cooper)主演,说的是一个擅长吹大号的小镇青年获得遗产去纽约后,发现有钱人过着很虚伪的寄生生活。"配角"影院原文是 Cameo,是俄克拉何马的一个影院,贝里曼小时候经常在这儿看电影。

3. 第 1 节第 3 行:1959 年《宾虚》(*Ben-Hur*)中的战车赛跑场面至今都令人震撼。《来自布朗基的男人》(*The Man from Blankley's*)是一部喜剧片,一个上流社会的人喝醉酒去错了派对,原本是默片,后来翻拍成有声片,这首诗所指的应该是有声片。

4. 第 2 节 3—5 行:当时已经有很多外语片引进美国。

5. 第3节1—2行："猫头鹰"指埃德蒙·理查德·"猫头鹰"·吉布森（Edmund Richard "Hoot" Gibson），他原本是一个马戏团演员，后转为好莱坞著名的牛仔演员。威廉·S 指哈特（William S. Hart），默片时代最著名的牛仔演员，息影时很有钱，俨然一个大佬。"砍刀手哈特莱"也许是某部电影中的角色。

6. 第3节5—6行："老鼠们／大多数已搬了进来"可能是指他1953年前后在纽约一段非常艰苦的求职期间住过的一个房子。

梦歌 8 号

天气不错。他们拔了他的牙,
白白的、还对他有益;动用了他的后爪,
分开了他的绿毛。
他们吹灭了他的爱情和爱好。
"那下面,"(他们以铁冷的叫声叫道)
"你可明白,一无所有。就在那儿了。"

天气实在好。他们掀起他的外盖,
直到他展露无遗,他们畏缩、恳求,
不要多看一眼。
他们装上镜子直到他流动。"很足够,"
(他们嘟哝)"如果你反过来观察我们,
你也许会得到拯救。真的。"

天气灿烂如花。他们弄弱了他的双眼,
烫人的拇指塞进他耳朵,
像挂挡那样摇他的手。

他们抛出冗长而沉默的演说（免于责罚！），

用砂纸锉平了他最丰腴的希望（底朝上），

他们卸掉他的腿裆。

译注：
1. 题注：这首诗可能受到诗人约翰·克罗·兰色姆（1888—1974）的《卡朋特上尉》一诗的启发。贝里曼很喜欢兰色姆的这首诗，并且专门写过一篇文章，说那首诗中的上尉可比堂吉诃德，是"一个具有骑士精神、尤其善于行动、极其无效、耽于肉欲的喜剧化角色，经受着战争的磨难，总是失败"。他还评论道，"至于谁是敌人并不确定……也许就是这个世界"。贝里曼对这个角色的描述，很可用于亨利这个角色。
2. 第1节第5行："那下面"指腿裆。
3. 第3节第1行："灿烂如花"原文是法文，这首诗中的天气从"不错"（fine）到"实在好"（very fine）到"灿烂如花"（fleur）。

梦歌 9 号

除掉了敌人，耸耸肩，停下，
可怕的亨利，吐着泡沫。他们向他
四面包抄，他将藏身于
高耸的树林：警官，及其走卒，
还有警佐帮腔：他的女友来了，说的是，
被哄骗来试试

看他还是不是人，看呀：她爱他，
因此她抓住警长的话筒，吼叫
"下来吧，下来啦"。
因此他毫不动弹，怒到爆。他想逃，
但只有老天罩他，他失了手。
在四岔路口，闹市中心，

他梦想着穷人买萝卜和肥皂，
付房钱给死对头。他脚一滑，跌倒。
这片雪野上一地金黄。

微弱的噼啪声:远处的步枪。鲍嘉的行头

已运回戏装部。地狱里的脑袋,难以想象,

会在外面挺这么久。随他去吧。

译注:

1. 题注:这首诗围绕着著名演员亨弗莱·鲍嘉(Humphrey Bogart)所出演的一部叫作《高高的山脊》(*High Sierra*)的电影。鲍嘉饰演一位好心的强盗,他帮助一个老头和他的瘸腿孙女付房租、买食物等。他越狱逃跑路上杀了一个警察,最终被追逼到山上,被围堵击毙。影片中的角色绰号"疯狗",所以有"吐着泡沫"的描述。他的女友被利用,哄骗他自首。

梦歌 10 号

总有奇怪的聚会。该有一张票
决定不再投票。会有一根绳索。
没错,会有一根绳索。
男人们脱掉他们的帽子。"在黑暗中跳舞"
会让他兴奋,太了解汽车电台。人太多,
有人找不到停车的道。

正是在修辞的运作中,在这些场合,
而不是在深不可测的人心,
爱动脑筋的死亡才得以构成;
他的胸口一紧。敌人都生病,
而我们也都那样。时常,他会驾车
赶赴他的幽会点,就像这个,

而毕竟,气喘吁吁的爱已令他箭在弦上。
事情无论多么伤人,人伤得更深。
他赤裸着,被拉拽着向上?

没错,在车前灯的光里,他可得保持稳当,

别漏水,小心为妙。这可是辛苦活儿,

老板,等着大道之言吧。

译注:

1. 第1节1—3行:"该有一张票/决定不再投票"与黑人投票权有关。1957黑人获得投票权,但直到1960年代初,歧视仍然无处不在,甚至对黑人还会有私刑,所以写到"绳索"。亨利对此敏感,是因为亨利有时作为黑人出现。

2. 第1节第4行:"在黑暗中跳舞"是1953年一部音乐影片《乐队大篷车》(*The Band Wagon*)中很流行的插曲,此电影源自1931年的百老汇同名音乐剧;影片中,这首歌由辛纳屈(Frank Sinatra)演唱。

3. 这首诗暗示亨利有婚外情(从《梦歌5号》中"他的老婆什么也不是",我们知道亨利是结了婚的,但她在他的生活中无足轻重),"太了解汽车电台"即暗示这事。这暗指当时很多人偷情都是开着车,通常去郊外,而车上当然会开着音乐,往往是流行情歌。在车上听音乐,这一现象也可以参看贝里曼的好友罗伯特·洛威尔的著名诗作《臭鼬时光》。

梦歌 11 号

他妈妈走了。妈妈来了又走。
陈容他妈也来过,来了,抽筋,接着
这龙子的妈妈再也不见。
似乎我们没有一张像样的床可躺,
永远。当他吸着第一口气,
当他的膝盖破皮,

当他野兽似的爱上了夏洛特·寇凯,
穿着旱冰鞋在她门前窜去窜来,
先生,他真的想死,
而当他被霸凌,他梦想他是一只飞鸟——
这是个双关词——然后全世界都在寻找
躺在北极安全下蛋的躯体:

斯特林伯在他的小天地里摇摆,伟大的安德烈
被肌肉强健的法兰科尔在帐篷里撕裂,
四肢好像被挺过数十年艰辛

而毫发无损的北极熊撕开。我们不能

成双成对地飘飞,但我们有一张好床。

我要说的已全都说完。

译注:
1. 题注:这首诗献给美国诗人学者约翰·克罗·兰色姆。
2. 第1节2—3行:英文拼写的 Chen Lung 最可信的解释是说,这个名字应该拼写成 Ch'en Jung,指中国宋代擅长画龙的画家陈容,其代表作《九龙图》被收藏在波士顿美术博物馆,贝里曼极其喜爱这幅作品。但是又说他是龙子,也许是将画龙人视为龙之子,或者是与乾隆皇帝搞混了,因为乾隆的英文 Ch'ien Lung 和陈容的英文很像,两人也都可被介绍为诗人、画家。
3. 第2节第1行:夏洛特·寇凯(Charlotte Coquet)是贝里曼在父亲死后全家搬到纽约后的同班同学,这里是他青春萌动时的写照。
4. 第2节3—6行:"这是个双关词"原文 during irregular verbs 直译应该是"在这些不规则动词间";这里的不规则动词指 fly 兼有"飞"和"逃"的意思,第4行的 lie(躺)以及第12行的 lay 兼有"躺、睡"和"下蛋"的意思;我的翻译进行的改动是将"飞/逃"转化成"飞鸟"(后面的"双关的词"可以说是指"鸟"这个字),并将 lay 译成"躺在……下蛋"。贝里曼在写美国小说家史蒂芬·克莱恩(Stephen Crane,1871—1900)传记时,记下这样的话:男人梦中的飞翔一般说来是性行为的象征。
5. 第3节:1897年7月11日,S. A. 安德烈(S. A. Andre)率领尼尔斯·斯特林伯(据说还有阿道尔夫·法兰科尔)这一行瑞典人乘气球飘越北极，但是似乎偏离了目标，在俄罗斯北部神秘失踪。1930年他们的营地才被发现，不过无人知道他们到底是否穿越了北极。

梦歌 12 号 安息日

现有一只眼睛,曾有一条缝隙。
黑夜行走,给他施加恐惧。
杀手树,跳舞的老鼠
模糊了他的视线;然后它们便松开。
亨利宽广了。亨利·豪斯
怎么会亲身出现在这里?

黑夜奔跑。你奇怪的眼神紧跟着我,
而我看见陆地,不情愿地悄悄离开。
战士们,柯勒律治、里尔克、爱伦坡,
喊出我从未听过的命令。
他们四处行进,苟延残喘、荒诞不经。
学步的孩童正在占位。取而

代之!安息日的钟吼。女人的发网
缠住一个厌烦而鲁莽的男人。
现在可以清除什么?游客们冲出苏格兰场。

美女穿越坟场,披着一股浓烈的阳光,

最年幼的女巫向教会靠近。

盯紧!

译注:

1. 第1节第3行:"杀手树",一种绞杀植物,通常先附生寄树而后开始生长,通过气根落地长成树根和茎干,成为独立生活的植物,并采用挤压、攀抱、缠绕等方式盘剥寄树营养,剥夺寄树的生存空间,从而杀死寄树。这些绞杀植物主要为生长于热带及亚热带的植物物种,介于藤本植物和附生植物之间。

2. 第1节第5行:《梦歌》中很少写到亨利姓什么,这里用到的豪斯(House),意思是房子。这在《梦歌17号》中再次出现。另一处是《梦歌31号》中的亨利·汉克维奇。

3. 第2节第1行:这首诗是贝里曼看过安德烈·米歇尔(André Michel)导演的法国电影《女巫》(*La Sorcirci*)之后写的。"你奇怪的眼神紧跟着我"原文为法文,只有其中的"我"是英文me。这部电影讲述的是一名年轻的法国工程师发现一个居住在野外树林中的瑞典女孩,并爱上了她,而当地村民则认为她是一位女巫。

4. 第2节第3行:这里列出的三位诗人的人生磨难都促成了他们艺术上的成就,这令亨利很能认同。他们被列出来作为亨利的指挥官,指导还在学步阶段的诗人亨利。

梦歌 13 号

上帝保佑亨利。他活得像只老鼠，
一头稻草似的乱发，
起初如此。
亨利并非胆小如鼠。他强得多。
他从不舍弃任何东西；恰恰相反
他死撑，而怜悯之类的感情在淡薄。

所以亨利或许真是个人。
让我们详细调查。
……我们做了。很好。
他是一个人类，美国男性。
这真实无疑。我的妞儿在用刹。
我的屁股正疼着。来呀，看扁我，画我的路径。

上帝乃亨利之敌。我们在做生意……为何做，
做什么，必须弄清。
一个绝境。

我感觉不可能更像了。——骨板先生，

当我仰望那橙黄色的天空，

你给我脾气乖戾的印象。

译注：
1. 第2节第2行："让我们详细调查"，是贝里曼对当时所谓的社会科学研究这种方法很不屑的表现，在此调侃；不过由于社会科学正方兴未艾，他表达得比较隐晦。
2. 第3节第1行："上帝乃亨利之敌"，参照《圣经·耶利米哀歌》，尤其是"他真是终日再三反手攻击我"（3:3）中所暗示的上帝对"我"的敌意。同时贝里曼也曾引述《约伯记》佐证这行诗的意思。

梦歌 14 号

人生,朋友们啊,令人厌倦。我们不该这样说。
毕竟,蓝天闪耀,碧海充满期待,
我们自己也闪耀而且充满期待,
而从小我妈就(一再)
劝导:"一旦你承认你感到厌倦
就说明你缺少

内在素质"。如今我断定我缺少
内在素质,因为我厌倦得要死。
人,令我厌倦,
文学令我厌倦,尤其是伟大的文学,
亨利令我厌倦,他的窘困与苦恼
像阿喀琉斯小子一样糟糕,

他喜欢人也爱好骁勇的艺术,这让我厌倦。
而宁静的山峦、金酒,看起来死沉,
而一条狗设法

拖着自己和自己的尾巴离开

到山或海或天空的深处，撇下的是：

我，摇着尾巴。

译注：
1. 第2节第1行：阿喀琉斯指荷马史诗中因愤怒而拒出帐篷的阿喀琉斯，在《梦歌1号》注释中已出现。这里的名字原文小写，贝里曼在一次读诗会上说，阿喀琉斯的拼法"含着愤怒，以小写字母开头"。贝里曼在别的诗中也用这种手法，小写上帝和他生父的名字。

梦歌 15 号

且让我们假设,千沟万壑以前,
有一位兄弟在芝加哥某个酒吧
松弛劳顿的身心,
这事确有可能发生。这也确有其事。
多少优雅溜走,多少罪孽
使得男人没有下限。

但这将会被人记住并口口相传,
最后会有人听说,她在那粗鄙的酒吧,
傲慢、油腻,大声叫骂:
"你尽可打我,撞我,但永远沾不到我的边。
我是个波兰婆娘, 我粗俗但并不随意上床。
舔我的屁股吧,你只是这等货色。"

女人更占便宜,更勇猛。这整个丧失
如同焚风,她们懂得如何更火辣,
经受了这一切,

我们唯有挣扎。有的人依赖调味品，

有的人沉迷于往日，有一个躲进了地下。

亨利没得过他的宠幸。

译注：
1. 第1节第2行："一位兄弟"指贝里曼的好朋友，著名小说家索尔·贝娄。1962年8月14日，贝里曼寄一沓梦歌给贝娄，附上一张纸条说："我很多年前就警告过你，如果到一定时候你还不用这个素材，我会用的。"所以这首梦歌中的事可能是他们都知道的。
2. 第3节第5行："有一个躲进了地下"是指他自杀的父亲，现在已经被埋在地下。

梦歌 16 号

亨利的毛皮挂在杂货墙上，
看起来确实像亨利，
他们那帮人获得不少乐趣。
尤其是他那发光的长尾巴，
不仅他们还有来客都很欣赏。
他们吹起口哨：有点意思！

当你的冰鸡尾酒在午夜旋转，
他的皮毛在你身上映出金黄，
像丝绸一样黑得发亮。
任务完成了，兄弟。
我这没有月亮的黄色皮囊已经熔化，
水也滴干了，挂起来晾着吧。

到深海捕捞梭子鱼去吧。可怜哪
在锡亚尔达火车站，一无所有的孩子
活下来就是为了死亡。

………两杯

戴吉利躲进那妙不可言的房间角落,

一个人对另一人撒了个谎。

译注:
1. 第1节第1行:这一行化自德国诗人戈特弗里德·贝恩(Gottfried Benn,1886—1956)的诗句,见《梦歌53号》里的引用:"我们把自己的皮用作墙纸,而我们无法取胜。"
2. 第3节第2行:贝里曼应美国新闻处之邀去印度讲学,他于1957年8月25日(星期天)在印度加尔各答的锡亚尔达(Sealdah)火车站,看到数千个东巴基斯坦穷人被从这儿遣返,景象凄惨。原文也许考虑到诗行长度,只写了"在锡亚尔达火车站"。

梦歌 17 号

亨利嘀嘀咕咕：——万物之尊啊，是这样的：
经由某种尤为独特的精神之敲击，
我的一次次疯狂已经中止。
所有地点皆因他独自出门并返回而震惊。
他们按照亨利·豪斯调整时钟，
这街区最循规蹈矩的男人。

魔头呀：——我在你身上嗅出了我自己，
凭着我的自鸣得意。——我玩弄了你什么
最无关紧要了（尽管很狠）；适合你的耳朵。
您的仆从，厌倦了恐惧，独自端坐，
双眼含泪，牙齿忙个不停，
对自己的厌恶不停增进。

而他呐：——啊，前途远大的失望，
他茕茕孑立——到此结束。
你的康庄大道正在消亡：走开：我

在这些人的橡木手臂下潜泳:马丁神父,

苦修的次要神学大师圣西蒙,菩提达摩,

还有善名大师巴力闪托夫。

译注:

1. 第2节第1行:"魔头",原文 Lucifer(路西法),魔鬼撒旦的头领。贝里曼在一个朗读会上说,这首诗是"亨利和魔鬼的一个对话"。

2. 第3节5—6行:圣西蒙(St. Simeon Stylites,约390—459),苦修派天主教徒,据说在一个柱子的顶部度过了三十多年。巴力闪托夫(the Baal Shem Tov)这位善名大师,世人称之为 Israel ben Eliezer,大约于1700年前后出生在今乌克兰境内。Baal Shem Tov 意思是"具有善名的大师",被认为是现代犹太教哈西德教派的创始人。据传,他在临死的时候对前来安慰的人说:"你们为何哭泣?我现在正从一扇门出去,而将从另一扇门进来。"

梦歌 18 号 献给罗特克的阔步曲

"西沃德",敲击一个低音,洪亮的人
在穿越"声德"时消失,但在"布雷默镇"
撞击更低得很的音。
不再奏出花朵的华彩,或挂彩。
他,本来就真能那样,清一清嗓门,
跌跌撞撞地继续。

蓝铃花,池水浅,向他的过分之需致意,
而白云狂吠,呵呵,咔嚓,栽倒。

没特技替身,他绝不会再次无惧,将会失败
(那人幸运啊,是不是,骨板?)——荡悠,
楼上,楼下,各个某处。
再没日常,试图以头撞钉:
不渴:头脑中没有想法:
从任何地方回头,带着它说话。

撞击一个长长的高音，给一个情人发现

需要一个低一点的音，进入更友善的地点

在虫子中挖掘，再没有

在丛林四周，嗯，冲口啊唱出"为什么？"

杂草，他也欣喜过，犹如　　大多数人却不欣喜他人。

园艺大师从此去了。

译注：
1. 题注：这首诗是写给诗人西奥多·罗特克（Theodore Roethke，1908—1963）的挽歌。诗的原文标题是 A Strut for Roethke，其中的 strut 本意是"趾高气扬的阔步"，但在此更指一种爵士乐。新奥尔良爵士乐中有一种丧葬曲，当送葬人从墓地回来时，会演奏一种军乐风格的爵士乐，发展为"阔步曲"。罗特克的音乐素养很高，也会唱，这首诗也模仿爵士乐的节奏。
2. 西奥多·罗特克是美国自白派的先驱之一，他获得过一次普利策诗歌奖，两次美国国家图书奖；他是德国人后裔，祖父和父亲都经营有很大的温室，培植花卉，他以此写了很多诗，因此后文对他有"园艺大师"（Garden Master）之称。他又是一位很成功的诗歌老师，学生包括普利策奖诗人詹姆斯·赖特（James Wright）、卡洛琳·凯泽（Carolyn Kizer），杰克·吉尔伯特（Jack Gilbert），理查德·雨果（Richard Hugo）等人，他的诗也深深影响过普拉斯，普拉斯满怀崇敬地在 1960 年见了他。
3. 第 1 节 1—2 行：罗特克在一个朋友家的游泳池里心脏病

发死去，这两行中的西沃德（Westward）、声德（Sound）和布雷默镇（Bremerton）都是地名。

梦歌 19 号

这儿,由此起
所有人都离去或将要如此,这儿无空气,
那只邪恶的球有人想要,
有人争夺,有人梦寐以求,完全是一件绿色活物,
软绵绵地滴入一个人的手中,
没有愉悦或情趣,

您想象一下,当"幸福"这个字眼
流出它的全部意义,时间涌来,犹如要高潮,
也如记忆,
那天早晨同时抵达一张大支票,
已被国政府、州政府以及其他
奇怪的事务所蚕食。

温雅友善的亨利猫咪
对着镜子微笑,这镜子属于一个杀人犯
(在止水监狱),对着独自的他,

对那个荒凉人说了一声罢了,

呼一声万岁、振作

迎接你的胜利。

译注:
1. 第3节第1行:"猫咪"(Pussycat)据说是著名诗人、贝里曼的好友兰德尔·贾雷尔对贝里曼的昵称,不过贝里曼自己也会这样自指。
2. 第3节2—3行:1950年代贝里曼在明尼苏达租住过一套房子,房东谋杀了自己的老婆,后被关在明尼苏达州的"止水"(Stillwater)监狱。

梦歌 20 号 智慧的奥秘

当事态发展到最坏,你如何?稳住前行?
奉承,或者令她震惊,
而你一直对朋友恶劣,
你连信都不写。你什么都没听进。
你释放出
一只大嘴鸟的谎言:你在哪儿?

夜晚的渴望,一钟头一钟头
连续几周,而**现在**,一口醉傻了的钟,
你坑了某人:其他人你直接伤害:
你曾对谁做过有益的事?
你在舔自己的旧伤,
什么?

一次邪恶的下跪及崇拜。
这就是凡人。扔掉,上帝在这里发现
我们,在下面

某处……我们听说

罪在哪里增多,恩典

就在哪里更增加,多到富足。

译注:

1. 题注:诗题出自《圣经·约伯记》(11:5-6):"但愿 神说话,/愿他开口跟你说话,/把智慧的奥秘向你显明,/因为真的智慧有两面。/你当知道 神已忘记了你一部分的罪孽。"

2. 第1节第6行:"一只大嘴鸟的谎言",大嘴鸟亦即Pelican(鹈鹕),鹈鹕的硬嘴很大;另,据民间传说,鹈鹕是以自己的血喂养幼鸟,因此莎士比亚戏剧《李尔王》中,李尔王责骂自己的女儿是pelican daughters,朱生豪翻译为"枭獍般的女儿",卞之琳直译为"塘鹅一般的女儿们"。

3. 第3节2—3行:"扔掉,上帝在这里发现/我们,在下面/某处……"应该是借用了弥尔顿《失乐园》第一卷(44—45行):"全能的神把他头朝下扔掉,一路火焰,从净火天扔下去……。"

4. 第3节5—6行:"罪在哪里增多,恩典/就在哪里更增加,多到富足。"语出《圣经·罗马书》(5:20):"罪在哪里增多,恩典就更加增多了。"

梦歌 21 号

有一些好人,大胆,且声音微妙,
面孔紧绷,当我想到它,
我看到它沉入地下。
我看到。我的雷达会挖掘。我不挖。
他们奔涌的血变凉,他们的眼睛闭上——
眼睛?

被震惊:因为所有死者:亨利忧思重重。
没有例外!全部。
全部。
年长人群 等着。下来!下来!
可怖的、闪耀的暂停,穿了衣服,
人生召唤;我们也如此。

我在疯人院听到一个古人
被管饲,他一句节俭的话也不说,
(他们说)已有十五年,

永远衰老,他能刺穿一颗心,

咕哝着"哦,下来吧,下来吧"。

很清楚他所指是谁。

译注:
1. 这首诗写于 1959 年 12 月 10 日,那时候贝里曼因为精神崩溃而住院。

梦歌 22 号 关于 1826 年

我是个小男人,一支接一支抽烟。
我是个小女孩,心中有数但不去做。
我是博彩之王。
我实在聪明所以我早已把双唇缝死。
我是一名政府官员又是一个蠢得要死的笨蛋。
我是一个爱听笑话的女士。

我是思想的敌人。
我是汽车推销员而且很爱你。
我是一名少年癌症患者,胸怀大志。
我是被一拳淘汰的男人。
我是充满力量的女人,像一座动物园。
我是两只被拧进眼窝的眼珠,它们的眼帘——

今天是七月四日,国庆。
记好:造物主总会宽恕,
而被他遗弃的弥留者抽着气说,

"托马斯·杰弗逊仍会活下去",

只有虚妄虚妄虚妄。

我是亨利猫咪!我的胡子会飞。

译注:

1. 题注:1826年7月4日是美国《独立宣言》发布50周年,美国第二任总统亚当斯和第三任总统杰弗逊都死于1826年7月4日,而亚当斯弥留之际还说"托马斯·杰弗逊仍会活下去",其实他说的时候杰弗逊已经死了几个钟头。贝里曼曾对人专门提起这一事实,认为美国人应该记得这件事,他也在《梦歌217号》再次写到亚当斯。
2. 1—2节:这里主要是批判美国的反智倾向、卡内基的那套营运成功术、对女性的压制等。

梦歌 23 号 艾克的歌谣

这是艾克的歌谣。
谨此献给荣耀的大白——雀——
他最近一直——呃——呃——管事——咳——
在合众国——如果你的屏风很黑,
女士们先生们,我们——我好爱——
在西点他就已经很棒——病发

在第二任上,没做错什么——
没权错——没权错——听凭军队——乓——
自行向乔主座抗辩,让毒液斯特劳斯、
苦汁奥本海默失去用处——利用
后来为哥德费恩辩护的罗布——没犯法,
他在白宫里躺着——垂泣!!——

他永远是既不懂自己的战略——用在哪里——
所以蒙哥有回忆——也没有任何战略,
想着炸弹猛轰战线的每个部分

要同时进行——他拒绝占领柏林,证明

他甚至误读了克劳塞维茨——宽阔空洞的笑

从没有丢失一张选票(唉,我的阿德莱)。

译注:
1. 题注:标题和第 1 行中的"艾克",是美国军中上下对艾森豪威尔上将(Dwight D. Eisenhower,1890—1969)的昵称,他是美国第三十四任总统(1953—1961),不过贝里曼及他的很多朋友认为他的政治能力很差。
2. 第 1 节第 2 行:这行中"大白"(Great White)后接"雀",在英文中是指 Great White Auk(大海雀),但 auk(海雀)换成了一个同音的 awk(这个词不存在,是 awkward 笨拙一词的开始音节),这是为了戏拟艾森豪威尔不善演说,当然这里的"大白"(伟大的白人)也暗指艾森豪威尔执政晚期越发严重的种族歧视问题。
3. 第 1 节第 5 行:"我好爱"是指艾森豪威尔的竞选口号"I like Ike(我好爱艾克)"。
4. 第 1 节第 6 行:"西点"是指西点军校,艾森豪威尔 1915 年从这里毕业。
5. 第 1 节第 6 行—第 2 节第 1 行:"病发"指艾森豪威尔 1955 年 9 月的心脏病,这让人以为他不会在 1956 年继续参选。
6. 第 2 节第 3 行:"乔主座"中的"乔"是约瑟夫·麦卡锡(Joseph Raymond "Joe" McCarthy,1908—1957)的昵称,美国的麦卡锡主义就是以他命名。
7. 第 2 节 3—5 行:这里指的是美国近代史上的黑暗一幕:奥本海默事件。奥本海默(Julius Robert Oppenheimer,1904—1967)是核物理学家,原子弹之父,被诬蔑为间谍。

斯特劳斯（Lewis L. Strauss）在奥本海默被调查期间任原子弹能力委员会主席。罗布（Roger Robb）是斯特劳斯在这个案件中聘用的一名律师，哥德费恩（Bernard Goldfine）是一名纺织品商人，被控贿赂包括艾森豪威尔的幕僚长在内的政府官员。

8. 第3节第2行：蒙哥（Monty）是指陆军元帅蒙哥马利（Bernard Law Montgomery），他在回忆录中批评艾森豪威尔在欧洲的战略。

9. 第3节4—5行：艾森豪威尔让苏联红军而非美军占领柏林，而军事家克劳塞维茨在《战争论》中强调要获胜就应该占取帝国的首都，所以这里说艾森豪威尔没读懂《战争论》。

10. 第3节第6行：阿德莱是指1956年与艾森豪威尔竞选总统的民主党候选人阿德莱·斯蒂文森（Adlai Stevenson），贝里曼支持他。

梦歌 24 号

哦,仆人亨利把讲座
做到乌鸦也获得学位,然后
他膨胀了嗓音,又多做了几场。
这一而再再而三地发生,就像战争——
印度警佐就是那么厉害,
一支武器挂在腰侧,为了打鸟。

恼怒事掌控了一地雨季。
他被大大介绍,然后他被狠狠总结。
他被提种种有关种族偏执的问题,
他才不提有关种族偏执的问题,
不经常。
疯狂的太阳升起,如在河边石梯上,
　　大身印的苦行僧,伟大的河,

亨利很开心且兴奋得不能自已。
他不能自已,他有各种可能;

整个半盲的上午都是行额手礼的时间,

而雨淋淋的麻风病人回敬额手礼,

微笑、眼中充满深情,他眼中飞过

一种情感,从来不只是和自己相与。

译注:
1. 第1节:1957年夏天贝里曼受邀去印度讲学,其间有一些不愉快的事。有一天早晨很多乌鸦聚集在讲堂窗外,赶不走,比较吵,而讲座无论人多人少都会有扩音器,时不时声音会被放大得发出尖啸。
2. 第2节第2行:"被狠狠总结"说的是,有一次讲座结束,主持的一位老教授总说,美国还没有产生什么重要诗歌,美国诗歌的语言没有力量,没有激情,没有美感,不是真正的诗,等等。
3. 第3节第2行:"大身印"(maha mudra),瑜伽用语,大意是以身相印和以心相印,或说"大手印""大象征"。这是一个坐地施压于大腿的姿势;据信,这一姿势因为施力于会阴,所以能够提高性能力。
4. 讲座行程中,贝里曼也看了恒河上的圣城贝拿勒斯 [Benares,是 Varanasi(瓦拉纳西)的旧称] 的风景,并参观了一个麻风病院。

梦歌 25 号

亨利，棱角分别，决绝地，编造故事
以照亮亨利的过去、他辉煌的
现在，以及他的古老行当，
他捣鼓过的沟都会愈合——欣快，
骨板先生，欣快。命运痛击所有人。
——把我的爬行退还给我，

罪有应得的上天。紧缩成一个球，
亨利伸长，还装上了阀门。给他塞满和平。
令他失去视力，
或者高速摧毁他鞋钉的焦点，
抹消他的需求。将他还原为我们其他人。
——但是，骨板先生，你正是那样。

——我不记得，我心不在焉。
——我做过一个梦，有关一只猫，
它又是打架又是唱。

关乎一张竖琴，一座岛。卸了弦。

连到低潮的陆地。缆线磨损。

谢谢你们做的一切。

译注：
1. 第1节3—4行："古老行当"原文hoaries，是贝里曼创造的词，借"古老的"（hoary）一词的词形和意思，结合"妓女"（whores）的发音，暗示亨利有淫乱行为。第4行即有性行为的暗示。
2. 第2节1—3行：这里也是性暗示。
3. 第3节4—6行：这里指涉俄耳甫斯神话，但整首诗也与其父自杀有关。写的时候，贝里曼曾考虑过将这一首作为梦歌的最后一首，所以有最后一行。

梦歌 26 号

世界的荣耀曾触动我,我唱起咏叹调,仅有一次。
——然后发生何事,骨板先生?
若您乐意说说。
——关乎亨利。亨利对女人身体发生了兴趣,
他的腰腹成为呀成为了　惊天动地的成就的现场。
晕厥。跪倒,亲爱的。祈祷。

所有鼓凸和柔软之处,啊,上帝,
以及闪避和烦神都涌聚到亨利,
一劳永逸。
—— 然后发生何事,骨板先生?
您似乎不能自已呐。
——亨利堕落得回到了原罪:艺术,诗歌

除了关注他人,啊,上帝啊,上帝,
以及对他祖国的(活着的)荣誉的嫉妒,
还有什么能变得更奇怪?

以及对那些蝇营碌碌的俗人满脸不屑,傲气。

——后来发生何事,骨板先生?

——我有一条不可思议的　运气。我死了。

译注:
1. 第3节第2行:贝里曼1959年写过一篇评论《来自中生代与年长一代》,其中有这样的话:"作诗的动机……包括对国家荣耀的嫉妒。"贝里曼认为自己这一代,也就是中生代(the middle generation),是创造美国诗歌的中坚力量。
2. 第3节第6行:在上一条注释所引的文章中,贝里曼还说,"美国的诗人观念很可能来自于某个死人,或者已经八十多岁的人,或者来自于一个欧洲人"。贝里曼指责美国诗歌的观念落后于时代要求,然而又无法改变,于是在这里创造诗人的一个人格之死,从而期待获得荣誉或认可。参见《梦歌36号》的第1行。

第二卷

梦歌 27 号

恒河三角洲的绿地枝繁叶茂。
他很晚才意识到青春的没心没肺,恳求:
家务小仙们,敬请光临。
对亨利,在他最空闲的时间里,小人们
有时散开,做友好的事;
然后他就高兴了。

喜悦了,最糟时,除了与人一起,他就
摇撼冬天最辉煌的太阳。
宏大的三角洲
全部绿色生命,伤害他迁徙的心,数个钟头,
在平稳的飞机保险箱中。恳请、恳求
来临。

朋友们,——他以哀悼而知名,——我要死的;
你们活下去,在最狂野最善良有部分
宽恕心肠的绿色森林,

可谓是永远，而那一切人类的演唱

并没有贴近你更善听的耳朵，而大好的春天

返回，跳着舞，发出一声叹息。

梦歌 28 号 积雪线

又潮湿又白还迅捷,我在哪里
我们不知道。天黑了,然后
并不黑。
我希望剥树皮的人能够到来。似乎是
什么都没吃。我异乎寻常地累。
还很孤独。

但愿那个没几条腿的陌生人会来,
我就动嘴说出祈祷,一如以往。
他那些让我喜爱的纸条在哪?
可能有可怕的东西;真的难讲。
剥树皮的人抓住了我,不过我倒是觉得
他也向着我一边。

我孤独得很。看不到头。如果我们都能
逃跑,甚至如此更好。我很饿。
太阳不热。

我现在的状态不能说好。

如果整件事我必须从头再做一遍，

我不要。

梦歌 29 号

有一件事,曾经,坐在亨利心头,
如此之重,如果他有一千年
或更多,加上抽泣、不眠,给足时间
亨利也做不成。
重新开始,总在亨利耳中,
某处有点小咳嗽,一种味道、钟声和鸣。

还有另一件事,在他脑海里,
像千年前一张严肃的锡耶纳脸
没能模糊掉那仍然侧面的申斥。狰狞,
眼睛大睁,他出席,盲的。
所有的钟都说:晚了。这不是流泪的事;
想着吧。

但亨利从没有,虽然他以为他做过,
了结过谁,把她身体砍碎,
藏起肉块,放在可被发现的地方。

他知道：他一个个看过去，一个也没少。

常常，在黎明，他把他们唤起。

一直是一个也没少。

译注：
1. 第1节第1行：这里所说的压在亨利心头的事是他父亲的自杀，也有学者认为这是贝里曼主角的"该隐幻想"，怕自己会杀害所认识的每个人。
2. 第2节第2行："锡耶纳脸"，十三、十四世纪有以画家杜乔·迪·博宁塞纳、西蒙尼·马蒂尼等人为代表的意大利锡耶纳（Sienese）画派，其画风下人物表情几乎一致，此处指面色严峻。

梦歌 30 号

勘定骨头：我本来就想做。
亨利对此事应该热切。
我怀念他的职业。
还是孩童时，我总是想
"我是位考古家"。比起它，
谁还能更受尊重更宁静更严肃？

地狱数说得我头脑清醒。
直唬到我痛苦的尽头，
于是我拿起铅笔；
好像我以此保持渴望。一个象征
就会令我如雪落一样回去、回去。
观众中有没有谁徒劳地活了一场？

一颗中国牙齿！非洲下巴！
话随着口水流出，神经系统说
这是为了欢乐的代换。热，蒸发了露。

在我所见的世界，

不同冰期之间（民德期—玉木期），

我干枯的人类有些成为索引："温暖期。"

译注：
1. 第 1 节：贝里曼曾经很想做考古学家。
2. 第 3 节 5—6 行：冰期中第四纪（Quaternary Period）的第一世更新世是冰川作用活跃时期。诗中的民德冰期是更新世的第二个冰期，玉木冰期是第四个。这一段时期很多生命灭绝，包括尼安德特人，因此诗中有"我干枯的人类"这一说法。玉木期（Würm，或译维尔姆冰期）得名于阿尔卑斯山北部维尔姆湖，其读音和英语的"温暖"（warm）很相似，而这两个冰期之间有一个所谓的间冰期，也是较为温暖的时期。

梦歌 31 号

亨利·汉克维奇,以及吉他,
做一次简短的禅宗祈祷,
在榻榻米上,坐成一朵松懈的莲花,
凝神于无,玫瑰蓝的乳房,
给他的圣妓一个舌吻;
奴役了自己,他从蓝色佛罗伦萨皮箱里

拽出一件古埃及黑陶器,
芝宝打火机一声脆响。
亨利和菲碧幸福得很,就像
世界厨房里的蟑螂,低吠着,其他都跑光。
国际性的火焰,犹如绝望,升起,
或如愚蠢的巴基斯坦人、苏丹人。

亨利·汉克维奇,以及吉他,
做一次合掌螳螂的祈祷,
他甚至比越发狂热的美国人更明显

不能管理自己。瑞典人不存在，

斯堪的纳维亚人总体说来也不存在，

由此发扬光大。

译注：

1. 第1节第1行：这首诗是整部《梦歌》中又一次提到亨利的姓氏（前一次参见《梦歌12号》），这就使得他的全名意思是"亨利之子亨利"。
2. 第1节2—5行：贝里曼1957年在加尔各答学会一些瑜伽姿势。"圣妓"指服务僧侣的妓女或者他们的情妇。
3. 第2节第6行及第3节：1958年，巴基斯坦才实施两年的宪法被军事管制取代，而苏丹也在1958年发生军事政变，美国新闻从业者就对这些地区很热衷。而斯堪的纳维亚半岛的政局稳定，因此在美国的新闻人看来，这个地区就像不存在一样。

梦歌 32 号

你躺在哪里躲着，现状君，
占据我恶性岁月一半左右？
一个邪恶精灵
在夜里捣腾，带来的威胁
有催春酒的愉悦，窗棂
震动，炉边躺者在等他的冰激凌。

风雨中，激流旁，一只老虎
使得小鬼眯起悲戚的眼睛，
这幅古老的绢本水墨
令我想起德尔斐神庙，以及，
曾经，现状君，想象
犹如甜牛奶一样无虞。

让所有的花都凋谢，像一场聚会。
而今你已抛下
你的青春、老年，和最老的，人们

都进入忧伤公社的孤寂,

忧伤的公社。

地位,地位,归家吧。

译注:
1. 第1节第1行:这首诗开头的 Quo 可以与最后一行的 Status 连到一起,组成拉丁词 Status Quo(现状),而 Status 本身的意思是"地位;状态;重要身份"。但 Quo 单独在这里用,尤其是作为"朋友",应该是指具体的人。
2. 第2节1—3行:雨中激流旁的老虎,是指日本画家狩野永德(1543—1590)的绢本水墨,与陈容的《九龙图》一样挂在波士顿美术馆(参见《梦歌11号》)。

梦歌 33 号

苹果成弧线扔向克莱塔斯；他伟大的国王
生了气，他喝了酒，存心找剑，
被架走，有可能……
肿着眼泡，踉跄着站起，暗中抓住
金色的帘布。一句抨击的话
非希腊语，说给卫兵，

而号兵不愿吹号，被揍。哈，他们
将克利塔斯推出去；由另一扇门，
有人挡着，再挤进来，
现在他必然被斩杀，躺倒于长矛斧，
多了一把，那少年神极恼火
抓来的武器。罪过如下：

小题大做，亨利只能这么说。
国王掷出矛斧。拔出来，矛斧
还将扎入他自己的咽喉。

似乎是了结。一个乖乖仔,侍卫

护送他回到住处。哭,围着

他的好朋友,出血的伤口。

译注:

1. 题注:这首诗写的事件出自普鲁塔克《亚历山大大帝传》(第7章)。克莱塔斯是少年亚历山大的朋友,在一次宴会时,有人唱讽刺马其顿的小曲,半醉的克莱塔斯认为那是针对自己,于是责骂亚历山大,说他对自己的马其顿身份感到羞耻,所以他吵闹起来。亚历山大生气就拿苹果砸他,而他就要号兵吹号,最后被护卫推出宴会厅。而后他又要从侧面进来,亚历山大从侍卫手上抢来一把长矛斧,击中了克莱斯塔,但是看到他倒下死了又很后悔伤心,打算也自杀,被侍卫阻止。
2. 第1节第6行:这首诗中的克莱塔斯/克利塔斯(第1节第1行和第2节第2行)用了两种拼法(Kleitos和Clitus),以显示他们说了不同语言,其中一种是"非希腊语"。

梦歌 34 号

我妈妈持有你的手枪。一个人,想法
开阔,肌腱强劲得像只灰熊,被
扣扳机的手指开瓢,哥儿们。
他真不该那么干,但是我猜,
妹子,他感觉肯定不好,——感觉无能,
比我们都更加无能……?

现在——告诉我,亲爱的,你能否回想起
那小岛鸽子升天后的晨光以及其他——
杰克,故事是这样的:
他用动词用了四十年,确已足够,
开枪,弹起——啊,宝贝,那儿有
片岩,但比较小块(一些)。

我为什么要说出真相?这厄运与排空的
瞬间,那噩耗,我试图隐瞒,
在出租车里,难受——

沉默——我那会儿抛锚严重,在他头脑中,

他家老子和我家的方式相同——我拒绝承认,

希望这家伙回家。

译注:
1. 题注:这首诗献给著名的荷马翻译家、贝里曼在印第安纳大学伯明顿分校的前同事罗伯特·菲兹杰拉德。
2. 第1节第1行:有一年菲兹杰拉德要去意大利,想带一把手枪,但到登机时也没拿到许可,于是交给为他送行的贝里曼。贝里曼后来交给他妈保管。
3. 第1节1—3行:这里说的是作家海明威之死。海明威1961年7月2日早晨用手枪自杀,听到这个消息时,贝里曼和菲兹杰拉德正同乘一辆出租车(第3节第3行)。
4. 第3节第5行:"他家老子和我家的方式相同",指的是贝里曼的父亲与海明威的父亲。贝里曼的父亲某天一大清早在一个岛上自杀,也是用枪,死时差不多四十岁。这令贝里曼产生联想,因为海明威的父亲也是用手枪自杀的。

梦歌 35 号 美国现代语言协会

嗨,那边的!——助理教授们,正的,副的,
——助教们,——其他人等——任何人——
我有一曲要讲。
我们今日聚集在此,在这傻瓜
都城——有一位教授的老婆叫玛丽——
在圣诞节期,嗨!

你们所有人都写了论文或正在写,
还有我们着手的道德史
在威尔逊阁下手中很茁壮——
我没看到他在这里——他那几手只会将
你们一些人拧干,一些拧歪——主席们也
都很紧张,小朋友——

一个主席不是主席,儿子,永远不,
对他的任命是给他的伤害;哈,但是画圈——
记好我说的话——

尽管弗罗斯特可能在弥留状态——周围有玛丽；

忘记你有关这位老绅士的脚注；

围着玛丽跳舞。

译注：
1. 题注：这首诗题献给丹尼尔·休斯，贝里曼1962—1963年在布朗大学的同事，他的妻子叫玛丽。美国现代语言协会（MLA）1962年的年会于圣诞节在华盛顿举行，因此说是"都城"（capital）。这首诗也有贝里曼比较典型的造词，例如 I have a sing to shay（译为"我有一曲要讲"）中，sing 可以是 thing（事）或 song（歌）或 sin（罪），而 shay 可以是 say（说）或 share（分享），于是就有了多个组合。
2. 第2节第3行：威尔逊阁下是指埃德蒙·威尔逊（Edmund Wilson），内战文学史著作《爱国者之血》（*Patriotic Gore*）的作者，贝里曼认为他是当时散文作者的总舵主。
3. 第3节4—6行：弗罗斯特1962年12月3日进入波士顿医院，八周后（1963年1月29日）去世。诗最后写的玛丽应该是指圣母玛利亚。

梦歌 36 号

高人在死去,死去。他们死去。你抬头看,谁在?
——放轻松,轻松,骨板先生。我在你身边。
我闻到你的悲哀。
——我把悲哀送走。我不能永远
在乎。我随他们一次又一次死去,
我也哭,可我必须活下去。

——说真的,你夸张了哦。我们都得死。
那是我们指定的任务。爱与死。
——是的;这话说得通。
但这两者之间靠什么打通?如果我
发脾气、胡说八道、撞头,纠结于为什么,
就那么坐在篱笆上,那会怎样?

——我怀疑你那样做过或者会那么做。选择已经没了。
——傻人捡到金。但这话我赞同。
男孩和熊

对视。男人被大公牛抛来

抛去,腿裆撞出伤而有丧失,猫儿。

威廉·福克纳在哪儿?

(弗罗斯特还在。)

译注:

1. 题注:这首诗题献给威廉·梅瑞迪斯(1919—2007),贝里曼1962年在佛蒙特州布莱德洛夫(Bread Loaf)的暑期班认识他,遂成好友。
2. 第2节第4行:"这两者之间靠什么在理"应该是援引弗罗斯特的话。弗罗斯特在一次采访中说:"这个世界很难进来,也很难出去。两端之间没有什么意义。"
3. 第3节第3、4、6行:威廉·福克纳于1962年7月6日去世,当时贝里曼正在暑期班教书。"男孩与熊"是指福克纳的著名中篇小说《熊》。

梦歌 37 号 以老绅士为中心的三首

他的怨恨是一颗痘，在他好看的大脸上，
还有狡黠的眼睛。我一定难过至极
弗罗斯特先生走了：
我喜欢它，程度之少，令我不明白——
他听不清又看不清——我们全都筛查过——
但这是一个坏故事。

他有好故事，私下里
成了另一个人；难以相处，总如此。
总体而言，私下里，温文有礼。
他向亨利道歉，断断续续，
因为两个黄色的中伤；这对他有好处。
我不知道他怎会做到。

现在，除了仁慈，都已下台，很快。
我说不出脑子里有什么。保佑弗罗斯特，
在座的任何怪异的神。

他的班当得温和,我将自己摆成十字,号令

寡欲的神。有一段时间,在这里,我们

拥有过一位非同寻常的人。

译注:这里的老绅士指罗伯特·弗罗斯特,以下三首都是献给他的挽歌。

梦歌 38 号

那俄罗斯大佬咧着嘴将慰问高唱
给他家人:啊,不过,亨利
想到的是凯西、泰德、克里斯
和安妮:谁缓和了他从这里、在这里、
到那里的恐惧之路。这需要思考。
我不会表露出来。

如此高尚的源头也许会越发清晰,
对昏聩的亨利而言。会有这可能。
我会说那将会随痛苦而来,
带着神秘。我宁愿不加理会。
我确实未加理会。
而是与听众一起坐下。

现在,突然间,他变成了一个行业。
罗伯特·弗罗斯特的专业朋友遍布各地,
嘴巴张开成沟壑,

而这么多真相的诡诈媒介

如此安静。请肃静。让我们倾听:

——为什么呀,骨板先生?

　　——这会儿他正开始与贺拉斯切磋。

译注:
1. 第1节第1行:"那俄罗斯大佬"显然指的是赫鲁晓夫,弗罗斯特在1962年夏天访问苏联时和赫鲁晓夫见过面。不过,给弗罗斯特家人发唁电的是苏联作协,并非赫鲁晓夫本人。
2. 第1节3—4行:凯西指弗罗斯特的秘书凯瑟琳·莫里森(Kathleen Morrison),泰德是凯瑟琳的丈夫,克里斯和安妮是莫里森夫妇的女儿和女婿,他们住在布莱德洛夫附近,安排了贝里曼与弗罗斯特的见面。
3. 第3节第7行:弗罗斯特很喜欢古罗马诗人贺拉斯。

梦歌 39 号

再见，先生，一路走好。你进了空明地。
"一直没人"（马克说　你说过）"被人发觉"。
我觉得你是对的，
鉴于亨利，杀了人逃脱已经
蛮久。某口不协调的钟声告诉我：晚了，
不是为直来直去的你，

而是为孤单的人。最近，我们的屋檐
被遗弃：射手、波旁酒徒，
然后你累倒了，
恐怕就是这样。我对你敬爱有加，
如生，如死，但我有点感觉
我们其余人都被开火

或被解雇：与我们同在：我们会高调尽力，
那件事上，悲伤的、狂野的即兴重复乐段来得轻易，
你考虑考虑，

知道你在休息中,你重生为了休息,

你的妙句已写完。一切都不再一样,

先生——找掩护。

译注:
1. 第1节第1行:"你进了空明地"(in the clear)也暗指弗罗斯特出版于1962年的诗集《在林间空地》(*In the Clearing*)。
2. 第1节第2行:马克指马克·范·多伦(1894—1972),著名学者,贝里曼在哥伦比亚大学时的老师和朋友,他说的话指弗罗斯特具有两面性,而没人看得出来。
3. 第2节第2行:"射手"指海明威,他酷爱打猎,最终用枪自杀;"波旁酒徒"指福克纳。

梦歌 40 号

我害怕,我是个独孤人。再也见不到儿子,
谁都不见才轻松,
拍岸浪流回海中,
知道它们要去某处,但我不知道。
拿到一点枪,搞到点毒药,
我害怕,我独孤。

我害怕,只怕一件事,也就是我,
其他的,我一概不在乎,瞧,
是给猎犬的面子。
但这是我生活之地,我在此搂扫
我的树叶、背弃我的诺言,在这里
我们哭醒了自己。

愿望正在死去,但我要
用这双脚一直走到那张床边,
人们说好在那儿见面。

也许，但即便我永远不会

见到儿子，我也要回过头捞点好，

自由，黑人，四十一岁。

译注：
1. 第1节第1行：1959年贝里曼和第二任妻子安离婚，与儿子保罗分离。
2. 第3节第2行：这首诗写于1961年12月，当时，贝里曼腿骨折，躺在医院。
3. 第3节第6行：美国法定独立的身份是"自由、白人、二十一岁"，最后一行是对此的反讽，骨板先生是假扮的黑人（blackface）。

梦歌 41 号

如果我们在树林里唱歌（而死亡是个德意志行家）
当大雪纷飞，彻骨寒，知道得那么频繁
那么多，都是虚无，
有关铅、有关火，这无关我们会不会维护
细目，而是关于动物；群猫咪咪叫，
众马嘶鸣，一个男人唱歌。

或者：众男人唱赞美诗。男人手掌贴耳，呻吟。
死亡是个德意志行家。坐定、争抢、
泼溅，我们匆匆忙忙。
我竭力。奇怪、琐碎、赎罪
算是为了我逃脱了子弹
我脚背被踩踏，火热，没被射裂。

独唱人吐着泡泡，喋喋不止。圣殿被焚毁。
与我一起倾覆吧！华尔沙瓦的魅影。啪啦！
而我曾经常常

游魂不去，踉跄，下水道，我被洗劫的店铺，

屋顶，一个地狱人世！死亡

是一个德意志的老乡。

译注：
1. 题注：这首诗写的是德国毁灭华沙。第3节第2行中，贝里曼用波兰语音译的"华尔沙瓦"（Varshava）指华沙。
2. 第1节第1行："死亡是个德意志行家"套用保罗·策兰《死亡赋格》中的著名诗句"死亡是来自德意志的大师"。
3. 第3节第1行："圣殿被焚毁"用的是《圣经·耶利米书》中耶路撒冷被焚毁的典故。这首诗中"地狱人世"很能说明贝里曼的一个写作特色，这里的原文是 dis-world，贝里曼的草稿中用过 un-world，都是他创造的用法，而改为 dis 则既保留了前缀 un 的否定意思，又指古希腊语中地狱、冥界的名称 Dis，并且但丁《神曲·地狱》第八到十歌中也写道 Dis（狄斯）城的焚毁。

梦歌 42 号

行旅者啊,你,腐殖土中的聋子,狂暴的旅行
与死亡的疯子:请按我铸就的样子
看待我,你的长子。
你会吗,假若我如今已变成另一个人,
有脑、有腿?我看到你在我面前,很清楚
(我技高胆大:我听说,我看到)——

你的荣誉遭受困扰:在你困惑的时候——"不"。
我听见了。我想我听到了。现在,横跨
我们大陆的全副狂热
你投降以来的所有风暴,都落在我的小帐篷上。
我有炸药也有制衡物,用来感激你
把我扔进市区。

我们梦想着荣耀,我们相处融洽。
命运给我狠狠一击,现身为出租车,
还有你在沙滩上的姿势。

想得透彻,在刺骨的寒风中:承受

我长水泡的愿望:扑通倒地,在那儿,对着他

盲目的歌,付了总账。

译注:
1. 题注:这首诗写到贝里曼父亲的自杀,他父亲用枪在佛罗里达州清水市(Clearwater)的海边自杀,被发现时,呈X形躺在地上;这一姿势在当地报纸上被描述出来,因此贝里曼印象深刻。
2. 第1节第3行:贝里曼家有两兄弟,他是长子。
3. 第3节2—3行:"狠狠一击"的原文是winged,这是美国口语当时的特有用法,《梦歌》中有很多这类用法。"现身为出租车"也就是指《梦歌34号》中的事,即贝里曼在出租车上得知海明威自杀,从而想到自己的父亲吞枪自杀,又立即想到他父亲倒在沙滩上的姿势。

梦歌 43 号

"肃静,肃静!"这位没有履约创效的人
在您面前,法官大人,因为他的低效。
他在庭前,被控告,
银行告这罪,警察、律师告那罪,
出版人控了那些。我怀疑他不会
活到骨头变老。

是。
我警告他,某个夏夜:有始有终,
有始有终。前妻们怒吼。
再者,君上认为他们分裂了他自己,
分裂了他为人的机会,他对此很羞耻,
法官大人,而我们很惶恐。

在后面,哦,最糟糕的是向后倚靠,
不控告:数百人加一,孩子们,
支柱和酒鬼。

亨利想。确是这样。我必须刺扎。

听！肃穆的接地节奏，那是一位逝去的

……诗家？那又怎样。

译注：
1. 第1节第1行：贝里曼经常在领取出版社的预付金之后，不能按时交稿，因此他在这里说自己是"这位没有履约创效的人"。
2. 第2节第3行：贝里曼因为没有按时付扶养费给前妻，因而在1961年底被告上法庭。他后来在1965年再次因为没有按时付扶养费而被前妻控上法庭。
3. 第2节第4行：因为精神状态不好（"分裂"），贝里曼签了出版合同、预支了稿酬，却交不了稿。他为此经常觉得很对不起出版社的朋友。

梦歌 44 号

告诉森林大火,告诉月亮,
只向月亮泛泛提一提
在向下的轨道上,
他即将拥有他的夫人,永久;
这是有史以来最糟糕的降临,
扭转亨利的方式。

哈哈,第五纵队,通敌,种族灭绝,
他双手攥紧,笑得左倾右斜,
一段可爱的时光。
浆果与棍杖让他不那么孤单。
曾经,我去参与划艇:幸福。
我会走进天上。

那儿有巨大的耀斑和腥臭,啊,飞行的生灵,
肯定会昏昏暗暗吧?酒吧将关闭。
没有女孩会再次

因你的阵痛而怀孕。精美的雷声鸣响,

来自痛苦,不久,将会和它的朋友一起,

扑灭那大火。

译注:
1. 第1节第4行:贝里曼1961年9月1日与第三任妻子凯特结婚,这首诗写于婚前一个月左右。
2. 第2节第4行:"浆果与棍杖"用的是叶芝《漫游的安格斯之歌》(*The Song Of Wandering Aengus*)中的典故,象征诗人的技艺和灵视能力。
3. 第2节第5行:贝里曼在哥伦比亚大学一年级时曾经参加赛艇队。

梦歌 45 号

他凝视废墟。废墟直面凝视回来。
他以为他们是老朋友。他感到在楼梯上
她爸爸发现他们赤身裸体,
他们很相熟。当文件丢失,
充满弟兄们的秘密,他以为自己对废墟
有窍门。他们的道路相交,

有一次他们相交到牢里;他们相交在床上;
他们因一封未签名的信,眼睛相遇,
而在一座亚洲城市,
凌晨两三点,毫无方向、蹒跚,
或颤抖于电话中新传来的威胁,
而当有人给他的头接上电线,

达成一个错误观点,"癫痫"。
但他现在注意到一点:他们不是老朋友。
他不认识这一个。

这一位是个陌生人,为所有那些假冒者

来补过赎罪,并使之恒久。

亨利点点头,不——。

译注:
1. 第1节第1行:诗句显然化自尼采在《善恶的彼岸》中说的话:"当你凝视深渊时,深渊也在凝视你。"
2. 第1节2—3行:"在楼梯上/她爸爸发现他们赤身裸体"是贝里曼年轻时经历的一件事。
3. 第2节第1行:"有一次他们相交到牢里"指的是贝里曼1954年在爱荷华市因为喝酒与房东吵架被警察抓走,这件事导致他失去爱荷华大学的教职。
4. 第3节第1行:"癫痫"指贝里曼在1939年曾被误诊为患有癫痫。

梦歌 46 号

我在，外面。难以置信的恐慌规则。
人们正在互相抽打，毫不留情。
杯中物在沸腾。加冰
杯中物在沸腾。任何人，感觉越差，
待遇越糟。傻瓜选出傻瓜。
一个无害男人站在十字路口，压低嗓子说："基督！"

那个字眼，如此说出，影响
店主们的视觉，当第二天走路去上班，
他们去了，而且适合配戴眼镜。
然后，他们享受爱情与法律的表象。
千禧年弥漫飘荡———一场——又一场——呃、呃……
当他们的眼镜被拿走，他们才看清。

人，从事了最顶级的工作，
他的终结。祝好运。
我本人走在温情的葬礼上。

跟随其他死亡。到了最后，

就像一场好龟留下的记忆，

就是：吾付出，汝等亦付出。

译注：
1. 第1节第1行："我在"（I am）在《梦歌》中多次出现，但基本上意指一种身体的在场，这也与整首诗中某种渎神意味一致，因为在这里指涉的是《圣经·出埃及记》中的"我是自有永有的"（I am that I am）(3:14)，这是指最高的存在。当然，I am that I am 可以译为"我是自在永在的"或者"我是我所是"。
2. 第3节第2行："他的终结"原文为斜体法语（*son fin*），
3. 第3节第6行："吾付出，汝等亦付出"原文为斜体拉丁语（*Do, ut des*）。

梦歌 47 号 愚人节，或埃及的圣玛丽

——那个头衔可真有趣，骨板先生。
——当她低头，看脚，可爱的鱼，在门槛上，
她看她美丽的肩膀，
而数百人都对它们欣赏不已，都更
对她模仿出壮实、雄性勃勃，
从逢迎的舞台，

看到她的脚，一次拜谒时，并排
停在陵墓的窗台上，她畏缩："不。
它们不值，
被很多人抚摸"，从上十字架那人处
匆匆退回，穿过那些追随者，到城外，
哦，走过郊区，在她的日暮时光

还勇敢地挑战我满是动物
和沙土的荒漠。她脸朝地摔倒。
只有风在呼啸。

四十七年如此过去，如爱因斯坦所言。

我们戴着帽子庆祝她的斋日，

尽管上帝还没莅临。

译注：

1. 题注：埃及的圣玛丽（St. Mary of Egypt，约344—约421）原是亚历山大的一个妓女，她本想在光荣十字架庆日到耶路撒冷去多接一些客，在经过一座教堂时有一股神秘力量阻止她进去，她意识到这是因为她的不纯洁，因此忏悔，并发誓苦行。她听到声音说"如果你穿越约旦，你会发现荣耀"，因此后来的四十七年里她在约旦河东岸沙漠中流浪。她的斋日是希腊东正教历的四月一日。

2. 第2节：这一节似乎故意将抹大拉的玛利亚（Mary Magdalene）的事迹借过来了安在埃及的圣玛丽身上。抹大拉的玛利亚也是妓女，耶稣受难后，她守墓，发现耶稣的尸体不见了。

3. 第3节第4行：这里以爱因斯坦的相对论将已经进入非人间的圣玛丽类比为超光速运动下的时间，因此虽然四十七年过去了，圣玛丽的容颜几乎没什么变化。

梦歌 48 号

祂对我呼喊,用希腊语,

天哪!——那不是他的语言,

而我不擅长——祂的是阿拉米语,

曾经是——我是(美国版)英语

单语者,只从一个面包师那儿学到

十几种别的短句:哪儿有面包?

但会在第二福音中发起来,哥儿们:

种子落下,上帝死去,

发生一种升起

一些硬壳,他们进行 一次餐食。他如此说,

希腊人的观点,

对假想的犹太人来说是个麻烦,

像苦涩的亨利,满心爱之死,

考德领主般的不安,消了野心,哀悼

整个不可能的必要之事。

他放低嗓子，嗖嗖地预言

爱情之死的死。

我应该上路了。

译注：
1. 第1节第1行：据信，虽然耶稣说阿拉米语，但福音书是用希腊语记述的，也就是祂以自己的语言说话，但立即转成了希腊语。
2. 第2节第2行：撒种之喻参见《新约·马可福音》第四章，有学者认为这个比喻是希腊人的虚构（"希腊人的观点"），亦即非犹太人的观点。
3. 第2节第6行：贝里曼写过一篇题为《假想的犹太人》的小说，其中的主人公假装是一个犹太人，以此论证种族歧视的严重，其中有一个细节是发生在贝里曼自己身上的真实事件。
4. 第3节第2行："考德领主"，《麦克白》中女巫对麦克白如此称呼，从而刺激了他的野心。
5. 第3节第4行："嗖嗖地预言"原文是贝里曼的一个新创词（sibylled），既有发出嗖嗖声的意思（sibilant），又有预言的意思（sybil）。

梦歌 49 号 醉瞎

如果老猫咪他不吃饭,他肚子
就不会感觉好,老猫。
他很想现在就已吃饱。
房颤、反胃、反复盗汗。他不行。
亨利所在处,头晕目眩中。
……那儿严格禁入。

他怎会睡了又睡还要睡,醒来如死:
确定了我们听说的修复
在沉睡中的位置。
昼光让他进入主轨道,朋友的呼吸
让他有愿望,他的归属。梦迫使亨利
恐惧地爬,不起床。

可怜的猫咪,他的身体与心灵驾控的航程,
将看他沉沦,身虚弱而心紊乱,
连胡须、带尾巴。

"浪费式节俭"：哦，一位狡黠的妻子知道

他积敛地挥霍，既不在市区，

也不在郊区吧。盲文。

译注：
1. 题注：贝里曼酗酒，多次入院治疗，也因此误事，如误课、演讲迟到等。标题原文 Blind 是 blind drunk（烂醉）的意思，又是指喝醉后像瞎子似的感觉。这个"瞎"的意思，也在最后一个词 Braille（盲文）中复现。
2. 第1节第6行：本行中的"严格禁入"原文是德文（streng verboten）。
3. 第3节第6行：这一行中贝里曼两次使用一种叫作叠套缩短的手法。"郊区吧"（suburba）由郊区（suburb）和酒吧（bar）两个词叠起来再压缩而成。同样，这一行的"盲文"（Braille）一词之所以出现，不仅复现了标题中的盲（Blind），实际上也是他把一个他经常光顾的酒吧 The Brass Rail（铜轨道）名字中的两个词叠套缩短，稍加改变而得。另外，整首诗中"轨道"这个概念贯穿始终。

梦歌 50 号

涌动的夜里,他们在我岗位附近聚集。
我哼了一首短短的布鲁斯。当繁星隐灭,
我研究了我的武器系统。
手榴弹、便携式老虎凳、炭疽射线的黄色
喷口:整齐地排列。是的,而且我的大多数
铅笔都很锋利。

这星系的边缘经常看见
如此强硬的防御,但只能
单向作用。
——骨板先生,你的麻烦令我晕眩,
还有背痛。不过,当我到达你的现场,
我开释觉得好像

黎明如玫瑰、黄昏似珍珠,皆出自
某位古老的作家,我们的权利和青嫩
都被遗忘。

春泉之水越流越浓，以至于凝结，

而悦人的女士们休止了。我寻思，没错，

你就是坏力量。

译注：
1. 第1节：这是贝里曼写他在加州伯克利的日子，他说过他在伯克利很孤独，"就像身在天堂，却有炭疽病"，因此炭疽很可能意味着独孤。
2. 第2节第6行：与骨板先生对话的人用黑人口吻说话，贝里曼经常会用这口吻刻意制造效果。这里把本应该是"我开始觉得"（I came to feel）说成了 I cave to feel，而按这样的字面理解，cave 相当于"内陷"，所以可以说是"我屈服于觉得"。翻译为"我开释觉得"是一种尝试。
3. 第3节第1行：某位古老的作家可能指荷马，"黎明如玫瑰、黄昏似珍珠"皆是荷马史诗中常用的固定比喻。

梦歌 51 号

我们对时间的伤,来自所有其他时间,
海洋时间慢,星系的时间
飞逝,矮星的死时间,
都减少得这么少,假若在他粗野的韵句这里,
亨利提到它们,请不要为了死抱住这条,
羞辱一个男人。

年老的大师,你约束自己尽最大努力
与我们黑兄弟对抗,现在饶了谨戒的约翰,
别像之前那么鞭打:
谁还会给你算命,当你坦白了那谁的
和谁的所有伤痕——针对那些无辜的星星
以及不悔过的海洋——

——你有辐射吗,哥儿们?——哥儿们,有辐射。
——你夜里盗汗、白天虚汗吗,哥儿们?
——是的,哥儿们。

——你女人离开了你？——你怎么想，哥儿们？

——你脑门上的那个东西，是看来就是的那个东西吗，哥儿们？

——是的，哥儿们。

译注：
1. 第2节1—2行："年老的大师"与"黑兄弟"比喻上帝与人。
2. 第2节第2行：这首诗中出现了"谨戒的约翰"这样的称呼，是整部《梦歌》中唯一一次，有人认为这就是主角的名字，而贝里曼的名字正是约翰。
3. 第3节第5行："脑门上的那个东西"很可能指该隐的记号。

第三卷

梦歌 52 号 无声的歌

明亮的眼睛、浓密的尾巴唤不醒亨利。
明亮的还有一套夹板,从正中央照亮,
他的工作间,逐渐内移,
而他正在医院苦挨他的时光,
并且越发英明。
对此,他给出他留下的最糟神情。

独自一人。他们全都抛弃了　　亨利——想想!
全部,而他最多——在阳光下。
那也没关系。
他在这儿无法很好地工作,或思考。
一个双生灵,像灾难一样泛黄。
这儿的名字叫自由。

亨利会不会再度寻找女性和牛奶,
再度追逐荣誉和爱,
会有三两块钱吗?

他想要尖叫,但他只是颤抖,

当一小把安静(春天的雾霭,温暖,下雨)

消失,就被事情掌控了。

译注:这首诗写于1958年春,当时贝里曼因为精神状态太糟而住院。同时期,他当时所在的明尼苏达大学考虑要和他解聘。

梦歌 53 号

他躺在世界的中间,抽搐着。
给阿喀琉斯再多点普马嗪,
(半)人,在这里他倒下,
还要打开很可能有侮辱性的邮件,
和肯定不值得听的言辞,
以及他无法原谅的记忆。

——我很少为看电影而去。他们太刺激,
可敬的负鼠说。
——读报纸花掉了我那么长时间,
一个热得像鞭炮的小说家有一天对我这么说,
因为我必须认同于报上的每个人,
包括尸体,哥儿们。

克尔凯郭尔想有一个社会,拒绝阅读报纸,
朋友们,那还不是他最糟的想法。
小个子哈代走到生命终点之前,拒绝说任何话,

豪斯曼早早就拟定了长期规划，

还有戈特弗里德·贝恩

说：我们把自己的皮用作墙纸，而我们无法取胜。

译注：
1. 第1节第2行：普马嗪是一种镇静剂。
2. 第2节第2行："可敬的负鼠"指大诗人 T. S. 艾略特，他写过一本诗集叫《老负鼠的猫经》，贝里曼和他见过两次。
3. 第2节第4行："一个热得像鞭炮的小说家"指索尔·贝娄，贝里曼的好友。
4. 第3节1—2行：索伦·克尔凯郭尔（Søron Kierkegaard, 1813—1855），丹麦存在主义哲学家。克尔凯郭尔1847年有一则日记："新闻业是迄今为止出现的最腐败的诡辩。人们抱怨说时不时地报纸上偶有不准确的文章——但那只是小事。不，这种传播的基本形式整个就是虚假的。"［克尔凯郭尔，《日志与散论》(*Journals and Papers*)（六卷本），第四卷，H. V. & E. H. Hong 编，印第安纳大学出版社，1975年，第143页］
5. 第3节第3行：托马斯·哈代（Thomas Hardy, 1840—1928），英国小说家，诗人。这一行套用哈代生前发表的最后一首诗的题目《他决计不再说话》(He Resolves to Say No More)，该诗第二节有这样的诗行：从现在开始 / 直到我最后一天 / 即便我看到也不会发言（From now alway / Till my last day / What I discern I will not say）。
6. 第3节第4行：A. E. 豪斯曼（Alfred Edward Housman, 1859—1936），英国诗人，以《希罗普郡一少年》(A Shropshire Lad)一诗闻名。他的最后一部诗集早在1922年就出版了，且题为《最后的诗篇》(*Last Poems*),而他在十四年之后才去世。因此,这里说他早早就做了长期规划。

7. 第3节5—6行:戈特弗里德·贝恩,德国诗人,他早期的很多诗歌以身体残衰意象暗喻文化的颓败。

梦歌 54 号

"禁止访客",我翻弄着绷带,
人倚着门,
舒舒服服地裹着马鞍毯,
我支在昂贵的床上,梦到我妻子,
第一任,
还有第二任,以及儿子。

太侮辱人了,他们竟搭起护栏,
好像是婴儿床!
我对着护士长狂吠;我们谱写一个。
我一直从空无中操作,
像一条狗追着它的尾巴,
更慢,失去高度。

亮灿灿。他们给我注射满满的歌。
我没有规则。尽可能写得简短,
按顺序,拣重要的写。

我想起我心爱的诗人,

一茶和他的父亲,

坐在草地上,互相道别。

译注:

1. 题注:这首诗献给托姆斯(A. Boyd Thomes)医生,他是贝里曼在明尼阿波利斯的医生。1958年复活节,就是他让贝里曼住院(参见《梦歌52号》)。
2. 第3节第1行:"亮灿灿"原文nitid是一个古老的词,根据《牛津大词典》,这个古语词源自拉丁语nitidus,意为"明亮有光泽的"。
3. 第3节第5行:一茶指日本诗人小林一茶(1763—1827)。小林一茶小时候与继母相处不好,他父亲在他十三岁时送他去了江户。贝里曼认为一茶的生平与他自己有很多相像之处。贝里曼十二岁时父亲自杀后,从史密斯改姓继父的姓贝里曼,接着被送进住宿学校。

梦歌 55 号

彼得不友善。他侧眼看我。
该建筑远远不能令人放心。
我感到不安。
遗憾,——访谈开始得很顺利:
我提到恶魔般的事,他挥手拂开它们,
溅掉一杯马提尼,

不可思议地需要。我们谈到了无关痛痒的事——
上帝的健康,刚果阴晦的地狱,
若望的精力,
反物质的物质。我感觉甚好。
然后倒退着发生了变化。寒意降临。
谈话松弛,

死了,他开始侧眼看我。
"基督,"我想到"现在咋办?"本想问另一个,
但我不敢。

我觉得我的申请　在失败。天正在黑，

另外某种声音正在盖上来。他最终的话：

"我们出卖了我。"

译注：

1. 第1节第1行："彼得不友善"这里指圣彼得，贝里曼曾说这首诗写的是"死后的访谈"。
2. 第2节第2行："刚果阴晦的地狱"指当时（1960—1965）刚刚成立的刚果共和国内乱不断的状态。
3. 第2节第3行："若望的精力"指教皇若望二十三世（1881—1963，1958—1963在任），他召开了第二次梵蒂冈大公会议，对促进教会改革做出很大贡献。

梦歌 56 号

地狱空了。哦,那已经发生,
而割掉了的亚历山大人曾经预见,
地狱是空的。
魔鬼跪地处,闪电也无声,
整个肃穆的空地被敬畏弥漫,
满是死亡的罪恶感。

围猎圈收紧。恐怖、暴跌、猛击。
我耳朵贴回去。我就要去死了。
我裂开的脚不停敲击。
激烈,两脚生物俱乐部。我的绿色世界用管道
输送一个结局——为我们所有人,我的爱,不是某些人。
倒坍中,我——为什么——

因此,他在水晶球中权衡这两种情形,
实实在在地,梦见他昏昏欲睡的儿子,
他啊,还有他的新妻。

什么咆哮解决了亘古常在者的两难处境，

什么叹息借得到祂的怜悯——假设

我们都是一样的，祂就可能造一个。

译注：
1. 第1节第1行："地狱空了"出自莎士比亚《暴风雨》中精灵爱丽儿对普洛斯佩罗所转述的费尔迪南跳海时说的话，原文直译是："地狱空了，／所有恶魔都在这儿。"（朱生豪译为："地狱开了门，所有的魔鬼都出来了。"）这里，贝里曼显然是用字面的意思，暗示原先住在地狱里的恶魔们都住到人间了。
2. 第1节第2行："割掉了的亚历山大人"指出生于亚历山大港的神学家奥利根（Origen，约185—约253），有虚构传闻说他为了向女信徒传教而将自己阉割了。阉割在贝里曼的《梦歌》中多次出现。下一节第5行中说到的一个结局，应该指奥利根颇受争议的神学观点，即地狱的惩罚并非永无止境，到了一定时候，上帝的宽恕慈悲会普遍施与所有罪人，也包括撒旦。这就是所谓的"万物复原论"（apocatastasis），指万物众生包括所有罪人都将回归上帝怀抱。贝里曼死后出版的诗集《幻灭及其他》中有一首诗《晚祷》，其中有这样的几行诗：

> 如果祂爱我，祂必然爱每个人，
> 而奥利根是对的，地狱是空的，
> 或者万物众生都将复原。
> 罪人们继续犯罪。我们现在和以后都还受苦，

> 但不会万劫不复,亲爱的朋友、亲爱的兄弟!

3. 第2节第1行:"围猎圈",原文 tinchel,苏格兰狩猎术语,专指猎鹿人围成大圈,逐渐收紧。
4. 第3节第4行:"亘古常在者"(the Ancient of Days)是但以理称呼上帝的名字,他看到最终审判的场景中,上帝面对宽恕与天谴显得为难。

梦歌 57 号

在咯咯笑的罪孽状态——他曾回味,
灌着番茄汁——我活着,确实
曾活了三十多年。
还管他什么受到重创?是不错的谈资,
和对零售折损的把控?我可不敢这么说。
除了阴沉的此地,

我不认为有那么个地方,她会在今夜
从那儿飞起,找回我需要的她完整的身体。
我记得一个黑兄弟爬上树,
车灯照着,大叫,我就在那树上,
为了清醒,能够(已经)说的话
说了,但是很少。

出枪。啊,亲爱的,对我说来太晚,
午夜,七点。我如何在饥馑的青春岁月
预见亨利甜蜜的种子

未撒在飞来飞去的不毛之地?

那是我的爱消失之地、到处跑着她们的狗。

我从树上摔下来。

译注:
1. 第2节第3行:"一个黑兄弟爬上树"中,黑兄弟指黑脸的亨利,这在之前的《梦歌》如第1号和第2号就已出现。
2. 第2节第4行:爬树、在树上,在贝里曼的诗歌中,有私通的意味。

梦歌 58 号

勤劳,和蔼,头脑着火,
亨利自我困惑;其他人已放弃;
好女孩屈服;
地理对友谊很苛刻,大人。
婚姻的鞭笞、煎熬、践踏;团体饥荒
以及别的既有状况,

辉煌与失落都变得一样,
大人。他的心变硬,他笑不出来,
(最后者)赶了上来。
法律:我们必须,主要因为羞耻以花边系住
我们的骄傲,吞下我们的所作所为。一英里,
距离阿瓦隆一英里。

气闷、懒惰、颤抖,对着海外媒体
吼叫,他放弃了好奇:
神秘感已满。

大人，让我心情低潮。有封地的我啊，若说是

什么，便曾是（男缪斯）农奴；

我能滥用点职权。

译注：
1. 题注：这首诗献给文学批评家埃德蒙·威尔逊（出现在《梦歌35号》）夫妇，诗中的"大人"及"男缪斯"应该指威尔逊。
2. 第1节第1行："头脑着火"这个表达借自贝里曼的诗人好友戴尔莫·施瓦茨，他有一阵子很忧郁，然后突然说"我的头脑着了火"，意思是他突然很有灵感。
3. 第2节第3行："最后者"原文enfint，从用法上考虑这里应该是法语enfin（最后），但实际上是与英文infant（婴儿）叠加创造出来的新词。
4. 第2节第6行："阿瓦隆"是亚瑟王的葬身处。

梦歌 59 号 亨利在克里姆林宫冥想

俯瞰大教堂,从西拉尔达塔所在之地,
无可比拟的残酷,而越过道道城墙,
看拱顶与河景,
从伊凡大帝的圣约翰钟楼
三十一层之上,
仍在称颂猛攻非父亲宝座的那位。钟、书

以及摇篮都在统治,默默地。按钟点,
时不时地用圣油
抹抹赫鲁晓夫的额头
眼皮鼻子嘴唇耳朵胸膛拳头,因为基督知道
可怜的邪恶的卡达尔,先被开掉,又重新掌权。
他的宝座沸腾。农奴阶层,跪下,投票。

其他坟墓之南、之东——哪儿?因何理由,
约拿斯兄弟(之前称为恐怖的伊凡)
躺在天使长主教堂,靠施洗者这边,

而约瑟夫兄弟带着他的恶魔之心到来,没有

罪恶感,于是证明一切皆可忍受,

尼基塔兄弟也会到来,满嘴谎言。

译注:

1. 题注:这首诗初稿写于1958年4月,赫鲁晓夫上任党书记不久。这首诗中写到的建筑物,如圣约翰钟楼、天使长主教堂等,以及相关景物如拱顶、河景,都是克里姆林宫建筑群及其景象。贝里曼没有去过莫斯科,但这首诗中描述的建筑物相对位置都基本准确。

2. 第1节第1行:"西拉尔达塔"是西班牙塞尔维亚的大教堂,贝里曼1957年来过这儿参观。这里的比较基于佛朗哥独裁政府与赫鲁晓夫政府的相似性。

3. 第2节第5行:"可怜的邪恶的卡达尔"指匈牙利首相亚努斯·卡达尔(János Kádár,1912—1989),他的政治生涯充满起伏。他曾一度被开除出政治局,被囚禁、折磨、"再教育",后获得苏联政府支持,任首相。

4. 第3节第3行:"约拿斯兄弟"指伊凡四世,他是第一位沙皇,按他的意愿,他死后身穿僧侣衣装,因此贝里曼称他为"兄弟"。

5. 第3节第4行:"约瑟夫兄弟"指斯大林,他的名字是约瑟夫。他死后先被葬在列宁墓中,后被移葬在克里姆林宫墙外,靠近列宁墓。

6. 第3节第6行:"尼基塔兄弟"指赫鲁晓夫,他的名字是尼基塔。

梦歌 60 号

八年之后，尊贵的朋友，
学校、南方，与白人一起的有色人，
还不到百分之八。
——有色的水兵吗、有色的警官吗，
骨板先生，那都不算啥吗？——汤姆大伯，
赶早闭上你嘴巴，

被排挤的人不止百万，做不成正当的工、
住不了漂亮房子、甚至进不去教堂。
——你可能是对的，骨板老兄。
你的确对。他们公然敢在这世界上空、
飞行员们，飞在白皮猪的头上。
咱们难以回想的哼唧会逐渐

降格成他们所有的哼唧。讲真的，咱得逃走。
他们正升格成咱们的。谁会胜出？
——我可不想把话说在前面。

但我估摸多数人会输得很惨。

咱可从没见过不用插手的困局。

哈，好家伙，不用插手。

译注：
1. 题注：这首诗基本上通篇模仿黑人口吻，很多非标准英文的黑人英语，译文有点刻意模仿，有的地方译成非标准汉语。
2. 第1节第1行："八年之后"指自1954年5月14日美国最高法院裁定公立学校中种族隔离不合宪法到写这首诗的时候。
3. 第1节第5行："汤姆大伯"指斯托夫人（Harriet Beecher Stowe）的小说《汤姆叔叔的小屋》（1852）主人公，是一位逆来顺受、忠心耿耿的黑奴。

梦歌61号

满月。纳拉甘西特湾的大风已消停,
此地正在庆祝参战者,
或多或少,或少或多。
在山谷,岬角或狭窄或宽阔,
我们的目标稀少。我们信仰我们。或远、或近,
恐惧的露营之所,

在今晚月下的某处,当时间移转,
很庄严。表达感激已太晚,
一年只有一度,对火鸡吼出
合时的粗鲁的"谢谢"。明亮、洁白,
他们有序的标记起伏着离去,
一天也不等待。

远离我们,远离亨利的感悟或失误,
从军者躺倒,脚趾腐烂,缴了械,
乱了秩序,

与他们一道，我们有个愿。战争是真实的，

一份阴沉的荣耀停在他们上方，受了伤害，

事件变成谋害。

译注：

1. 第1节第1行：纳拉甘西特（Narragansett）是美国罗德岛的一个城镇，罗德岛海峡北部的海湾和河口组成纳拉甘西特湾。贝里曼1962—1963年间在罗德岛的布朗大学教书。
2. 第1节第2行："庆祝参战者"说的是1962年11月12日美国退伍军人节。
3. 第1节第5行："我们信仰我们"套用美国纸币上的话，"我们信仰上帝"。
4. 第2节3—4行："对火鸡吼出……谢谢"说的是在美国感恩节时吃火鸡，相当于火鸡被献祭，所以应该感谢火鸡。

梦歌 62 号

那只深褐色的兔子，轻盈的耳朵，
和下半身，令我们喜悦一个下午，
嚼着一只海棠果。
那只兔子是个骗子，像一头黑牛，
谨慎，我在萨拉戈萨欣赏过，
它肯定勇敢得像一个恶魔，

但不会进攻，只愿意不死。
兔子的情形，有点不同，
由机警和狡黠
组成，眼看草坪，双耳竖起，
但那儿没人，而我们看得入迷，
在门廊聊天，坐在附近的风景中。

然后他温和地走过，绕到我小木屋
后面，我跟过去，而他只是坐在那里。
只是不得而已

他才转身,四脚,经过我妻子身边,

然后一路跳过草坪,钻过篱笆去了大屋。

——骨板先生,我们都是糙人和傻子。

译注:
1. 题注:这首诗中的事发生于1962年夏天,在佛蒙特州的布莱德洛夫(参见《梦歌36号》)。
2. 第1节第5行:萨拉戈萨(Zaragoza)是西班牙城市,贝里曼1957年去过西班牙。

梦歌 63 号

蝙蝠没有银行代理,他们也不喝酒,
既不交税,也不可能被拘捕,
而且,通常说来,蝙蝠都能搞定。
亨利加入人类就是蝙蝠,
相信如此的人为数不多,很少有人能出位思考,
跳出洞穴。

并非洞穴!啊,冷得舒爽,黑黢黢,
原始的潮湿,他的堂表们成百上千地倒悬,
或凭借个人雷达旋转,
毫无危机,孩子。并非洞穴?我在里面
度过我盲目的囚期。肮脏的四尺亮光
反射在我们的眼白上。

然后,他向这六十年致敬,
就在刚才,一位既有勇气又有见识的人,
很有戏剧性,

哦，一位学者、军团士兵，塑造

和杀害你一样快速。噢嘞！多年的狂奔，

他能平静地把控，崭露头角。

译注：
1. 题注：这首诗献给乔治·安姆伯格（1901—1971），影评家、剧评家，贝里曼1955—1960年在明尼苏达大学的同事。
2. 第2节3—4行："我在里面／度过我盲目的囚期"，这里应该是指他因为喝酒闹事被拘留、关押，也有可能是指因为喝酒而被送进医院。
3. 第3节：这一节的内容与安姆伯格的经历有关。他生于德国，在希特勒上台后逃亡法国，1939年加入法国的外国军团，1940年法国沦陷后逃往美国。

梦歌 64 号

我拥有的都极佳，我的欲求更大，
我出门，脑袋空空。　黎明。　我有香烟，
哦，我的酒瓶，
水晶旋塞啊，——我的下跪已经要发芽，——
有谁施与祝福吗？（米格机爆炸，
这样摸能让

我的拖沓入港。）是的，就得出声。
有谁祝福我吗？——骨板先生，
你提的要求实在
太多。我也许能买顶礼帽送上：
天要下雨。——我认识一个人，叽叽歪歪、
贪婪、有怨恨，拄着拐杖，

他以为，他在一个邪恶的夜晚，得到极高的福祉。
他看到有人奔逃。为什么不是
紧握着欲望的亨利？

——听说事儿再好也很难处理，

骨板先生。我们的所见与现实的存在之间

隔着百叶窗。那些百叶窗着火了。

译注：
1. 第1节第5行："米格机"（MIGs）指苏联的战斗机。
2. 第1节第4行：这一行多义。"水晶旋塞"，英文 crystal cock，承上理解为水晶酒瓶的瓶塞，但还表示"水晶的/透明的阳具"；这后一层意思可以与本行后半句的另一层意思联系："我的下跪已经要发芽"英文是 my kneel has gone to seed，也可理解为"我的下跪已经要播种（射精）"。
3. 第1节第6行："摸"既是为了发现的摸索，又是为了性快感的抚摸。从第1节中的多义，可以看出贝里曼《梦歌》的一个特点。
4. 第2节第1行："我的拖沓"，贝里曼有比较严重的拖延症，多次预支了版税，却无法按时交稿。参见下一首注释。
5. 第2节第6行："拄着拐杖"，可能指贝里曼因为脚踝扭伤住院，参见下一首注释。
6. 第3节第6行："百叶窗"的英文是 Blinds，从 blind（瞎的、盲目的）衍生出来，具有"遮蔽"这层内涵。

梦歌 65 号

失常的脚踝破坏了他的乐旅，
这种威士忌尝起来像加州，
却是肯塔基，
好像伯克利，他在那儿工作得卖命，
但整夜都没事发生——没火灾——一个黎明，
他聚集起运气，

沿着悬崖流转，来到大瑟尔，
亨利·米勒的盒子是浅草绿，
亨利在硫黄中沐浴，
可爱、热，在海上，像猫咪参议员，
放松而清醒，水汪汪的
像蒂沃利，先生。

骨折的猫没有圣诞节远足。热狗，
世界这样的地方不是这个冬季
他要去的，也没有下回。

一跨岭是否将天空野蛮地遮挡,

那时亨利神神秘秘,二十二岁,

过得奢华铺张?

译注:
1. 第1节第1行:"失常的脚踝"指1962年12月贝里曼伤了脚踝,因此整个圣诞节不能行动。第3节第1行中"骨折"也指这件事。
2. 第1节第4行:"他在那儿(伯克利)工作得卖命"说的是1960年3、4月份贝里曼在伯克利赶稿。正如上一首诗中所言,贝里曼做事非常拖延。
3. 第2节1—2行:小说家亨利·米勒(Henry Miller)住在加利福尼亚州的大瑟尔(Big Sur),附近的海湾有很多悬崖,面向大海,背向碧绿的山峦,长满红木的森林。
4. 第2节第4行:亨利在《梦歌》中多次被称为猫咪,第3节第1行的猫也指亨利。亨利被称为猫咪参议院是因为第2节第6行中出现的罗马东部的蒂沃利(Tivoli)从古罗马时代起就以瀑布著名,是政治家和诗人们常去的地方。
5. 第3节第4行:一跨岭(Striding Edge)是英国西北部坎布里亚靠近湖区的赫尔韦林峰(Helvellyn)顶峰的一个山脊。英国湖畔派诗人游历这一带,贝里曼1938年4月游历过湖区一带。

梦歌66号

"所有美德皆会进入此世:")
一名僧人,在街上浇透,安静地焚烧。
战争大臣
眨了眨眼,搞了一个红发妓女。
卡波维拉阁下哀悼。多么惨的一周。
一条新闻狗撒了一泡尿,

对着潜逃的黑兄弟("但美德要抓住一条,
少了它,一个男人很难守得住自己。")
柳树中,阳光颤动
并摇晃着自己,有黄有绿
(彼蒙牧师呻吟,在电话上,
被问到那是什么:)

一个人功成名就接着就丢,
他的感觉如何?但还付得起,顶级货。
多么伤心的一周。

他几乎没意识到自己在形成。("是个男人")

亨利发过烧、躺倒、很难受,但幸存下来

("就应该总是自责"。

译注:
1. 题注:这首诗献给马克·范·多伦,著名学者,贝里曼在哥伦比亚大学时的老师和朋友(参见《梦歌39号》)。
2. 第1节第1行:这一行与本诗最后一行用一组括号。这首诗中分散的引语(第1节第1行,第2节1—2行,第3节第4、6行)来自四世纪的"沙漠教父"牧首彼蒙(Abba Poeman,约340—450,本诗中他的名字拼为Pimen)的话。
3. 第1节第2行:"一名僧人,……安静地焚烧。"指越南大乘佛教僧人释广德(Thich Quang Duc,1897—1963)为了抗议政府首脑吴庭艳迫害佛教徒而于1963年6月11日在西贡的十字路口用汽油引火自焚,场面被《纽约时报》一名记者完整拍摄下来。
4. 第1节第3行:"战争大臣"指英国陆军大臣约翰·普罗富莫(John Profumo),他在1963年与一位叫作克里斯汀·基勒(Christine Keeler)的舞女有婚外关系的丑闻,又因为该舞女与苏联间谍有关,导致英国政坛多名政要辞职。电视剧《王冠》(*The Crown*)第二季第十集大幅描写这一事件。
5. 第1节第5行:"卡波维拉阁下"指劳里斯·方济各·卡波维拉(Loris Francesco Capovilla,1915—2016),当时他是教宗若望二十三世的秘书,司铎级枢机,教宗若望二十三世于1963年6月3日去世。
6. 第3节第3行:"多么伤心的一周"原文为法语和英语混用(Quelle sad semaine)。

梦歌 67 号

我不经常上台操刀。当我真做,
人们都会关注。
护士们惊服。脸色惨白。
病人得以再生,或者差不多。
如此操作我不进行更多,其原因
(如我所引):我有一种有待辜负的生活——

因为我有妻有儿——收入得以不保。
——骨板先生,我看出来了。
他们为这些操作对你感恩戴德,什么?
不付你酬劳。——确实。
你很少这么通情达理。
现在更有照明的困难:

我必须在完全黑暗中操刀
对我自己进行
极为精细的手术。

——骨板先生,你让我恐惧。

难怪他们没付你酬劳。你会不会死掉?

——我的

　　　　朋友,我成功了。后来。

梦歌 68 号

我听说，很可能，一声"嘿"从侧台传开，
而我继续说：贝西小姐似乎很好，
那天夜晚，所有人的夜里，
我觉得自己正常，税和其他东西
似乎都回到正轨，就像每个人都应该
而没有人在下雪天当值，

所以，如我所说，这所房子让《黄狗》，
如坠地狱，我喜欢得合不上口，
而贝西总是如此，
唱出一个很大的声音——然后呢，就没了
声音——我看她蹒跚——我跨过那个阶段，
甚至以亨利的年纪

只是两三秒的事：然后我们拭目以待。
我听到奇怪的喇叭声，"松冠"敲了几个和弦，
查理启奏《空床》，

他们都来把圣诞节挂在一棵树上，

当一些树被扔掉——医园属于白鸟，

黑人只得去追鸟。

译注：
1. 题注：1962年贝里曼趁圣诞节到华盛顿拜访母亲，其间他听着贝西·史密斯的歌曲《空床布鲁斯》，圣诞次日写出了这首诗。
2. 第1节第1行："一声'嘿'从侧台传开"，指巡回说唱表演的角色上台。
3. 第1节第2行：1937年9月26日，贝西·史密斯被车撞，但送到一个只服务白人的医院时被拒收，失血而死。下文中的《空床》和《黄狗》指《空床布鲁斯》和《黄狗布鲁斯》(The Yellow Dog Blues)，都是贝西·史密斯的歌。
4. 第3节2—3行："松冠"(Pinetop)指克拉伦斯·史密斯(Clarence Smith)，又被称为松冠·史密斯(Pinetop Smith)。1929年3月15日，芝加哥的一场舞厅斗殴事件中，他意外被枪击而死亡。"查理"指查理·格林(Charlie Green)。这两人分别是布基伍基风格布鲁斯钢琴手和爵士长号手。
5. 第3节第4行：圣诞节历史上曾有一段时间，圣诞节时每家的圣诞树装饰来自社区最大的圣诞树。
6. 第3节第5行：这首诗中有不少黑人英语，例如"医园"原文是sick-house（病人的房屋）。

梦歌69号

爱她，还算不上，但他投注于
那个年轻女人的心思，
可以推出一款国家级产品，
配合电视短片和飞机写字，
在波恩和东京的网点，
我是认真的。

让众人皆知她和亨利
还没交换过九个词；
有眼神，有笑容。
上帝援助亨利，他应得这一切，
那个地狱般的无意识的女人
每个最小部分，以及痛。

我觉得，似乎，独特，她……顺从吗？
命运，密谋。
——骨板先生，拜托。

——不眠者啊，赐予我

一次对布吉利夫人身体的个人体验，

在我超越欲望之前！

译注：
1. 第 1 节第 4 行："飞机写字"（skywriting）是指一种广告形式，用飞机喷气的方式在空中写出字符。
2. 第 3 节第 1 行："顺从吗?"原文 biddable，是一个双关语，既是桥牌术语的"（手有大牌因此）可叫牌的"，引申为"可以竞标的、可以竞争的"，又指"听话的、服从的"。这里是亨利看到一个女人而蠢蠢欲动，参见《梦歌 4 号》。
3. 第 3 节第 4 行："不眠者"，应该是指魔头。
4. 第 3 节第 5 行：这里的"布吉利夫人"作为亨利的欲望对象，并非实有其人，这名字可能是由 Boogie（布吉舞，跟随快速摇滚乐跳舞）转化而来。

梦歌 70 号

松了绑,流着血,亨利从船壳中站起,
比赛之初他就被楔进那里,
坐在插刀似的膝盖下,
遇到顺风,他划着顺流桨,
一号位,紧抓划桨。脊背酸痛,
磨破羚羊皮。那不是轻易可做的事。

所以,那天,亨利是个英雄,不由自主,
因为笨手笨脚;直到教练
对他说了这个那个之后。
那幸福的一天,当第二号调转
怀孕的后背,他别无选择,
只能腾出空间。

因此他划呀划呀划。他们没赢。
自此他永远在赢得和失去
自己的船员,或说

在这来世的怪异赛艇会中,

为敌人喝彩。他将自己设定

给那蓝色的父亲计时。

译注:
1. 题注:这首诗献给美国诗人、批评家艾伦·泰特(1899—1979)及他的妻子伊莎贝拉。泰特是贝里曼在明尼苏达大学的同事。
2. 第1节:这一节所述的事,指的是贝里曼在哥伦比亚大学时曾是皮划艇队的队员,他的位置是船首的第一号位,因此可以看到第二号位鼓起来的后背;不过,写这首诗时,贝里曼的第二任妻子在怀孕中,而第2节第5行用"怀孕"描述队友,第3节则说"他……自己的船员"(his own crew)也可以理解为他自己一家人。
3. 第2节第1行:"不由自主"原文是法文(malgré lui)。
4. 第3节第6行:贝里曼在手稿中给"那蓝色的父亲"旁边加上括号,写上他生父的名字 Allyn(艾伦)。

梦歌 71 号

亨利令他的四位听众全都神出身外，
着迷得微妙，置身于集市的喧闹，
那里充满古老的符号，邪恶的人物，
新的节奏。他站在台阶上，备受那四位的爱戴，
每天几小时，或许更长，
要看情况。而且他们付他酬劳。

这可完全不像那样，犹如没人听他讲，
除了著名评论家和亨利的哥儿们或其他
说故事的人，
他们主要在另一国家。绝不像。
他靠的是心、脑和尾巴，
因为他们爱戴，所以他拥有他们。

他对张嘴膜拜的他们吐着垃圾。
天气会控制场面。当季风
让洪水漫延，很少人来，两个。

有一天一个都没来，但是

他还以惯常的方式，在肮脏的台阶上

开始，水流哗哗作响。

译注：
1. 题注：这首诗开头几行似乎化自唐纳德·麦肯齐（Donald MacKenzie）描写摩洛哥城市丹吉尔的小说《危险时刻》，小说初版名为 *The Scent of Danger*（危险的味道），改编电影后名为 *Moment of Danger*（危险时刻）。本诗开篇取自该书中描绘的景象："他走到街上，走向市场。……他走到堆满制皮器具的摊子，走到了说书人角落。一位古人令他的听众神出身外，忘了四周的污秽和吵闹。"（伦敦，1959年，第95页）该小说于1960年拍成电影，由著名影星特瑞沃·霍华德（Trevor Howard）和第一位围奥斯卡的黑人女星桃乐茜·丹缀芝（Dorothy Dandridge）主演。
2. 第1节第1行：这里说的"他的四位听众"也许指向埃兹拉·庞德（Ezra Pound，1885—1972）出版于1916年的一首诗《理由》。庞德诗中的四位指的是他头脑中的不同声音，《理由》全诗如下：

> 我为四个人加入了这字词，
> 也许会有别人同样听到，
> 哦，世界啊，我为你悲哀，
> 这四位你竟然并不知道。

3. 第2节：这里所说的"没人听他讲"等指向贝里曼的印度之行（参见《梦歌24号》）。

梦歌 72 号 尊者风范

嘘！有根绳悬挂在遭灾的树上，
亨利把女儿放在上面荡。他们似乎已喝醉。
从他们上方望过去，
安宁，智者高高的雕像。
她双脚在偷窥，像一位女士在沉睡。
至于这个场景关于什么……

他猛地一推，撑开两腿，
嘴尽量张大，而她的也一样，
在最高法院的花园里，
黑兄弟法官们倚身向外，树木弯曲，
人类的尝试很久以前就已开始，唧唧叫，
蹦跶跳，乞求原谅——

我会拒绝花园众神的言说。
亨利也许要打破燃过的软木塞带来的运气。
我会进一步拒绝

那条广阔的海岸线带给我们的好。贪婪

可能像保险丝,但我们困在高位海岸,

被他们忽略。为什么,——

译注:
1. 题注:标题中的"尊者"(The Elder Presences)指美国最高法院建筑上的十一个雕塑人像。贝里曼夫妇1963年底到1964年中曾在最高法院对面住过几个月。当然,贝里曼或说其主角亨利是忍不住幻想的,包括性幻想。
2. 第2节第4行:这首诗中出现的黑人法官是一个幻想或幻觉。
3. 第3节第2行:"燃过的软木塞"是说巡回说唱表演中白人用燃烧过的软木塞涂脸扮演黑人。

梦歌 73 号 枯山水，龙安寺

出租车让蔬菜飞扬。
"有请"，我让他等。
经过清亮的湖水进入庙堂，
脱了鞋，
我的右腿令我向左摇摆。
我在花园旁确能生存，我跨越

七千英里来到这里，从另一条道，
引擎装备人们都看得到，看得到。
它们与照片不同，计划会说谎：
它可真大！
大海肃穆，四方形　沙滩围着涂满油的泥墙，
沙子不是很白：花岗岩沙子，灰色，

——没有地方能看到　所有石头——
但直升机或者　布鲁克林的复制品
将会解决这一问题——

十五块不变的石头散在五个世界，

有会动的苔藓架，

给我注入古老造物主禅师的思想。

每个地方，我记得，都出现缺失。

敬畏与天气，并没令它增加，

而他所有沙与石的想法一点也没消亡。

译注：
1. 题注："枯山水"指的就是京都龙安寺的沙石花园，贝里曼1957年7月12日参观龙安寺并在笔记中简短地描述了一下。龙安寺内的枯山水由十五块石头分为三组构成，因此第4节第1行说五个世界。
2. 第1节第2行："有请"，原文用的是日文音译，"Dozo kudasai"。
3. 第3节第2行：纽约的布鲁克林植物园中有一个"枯山水"的复制品。这首诗和下一首没有遵照通常的《梦歌》那样，分为3个诗节各6行。

梦歌 74 号

亨利憎恨这世界。世界对亨利
做了什么,激发不起想法。
亨利感觉不到疼,
他扎自己的胳膊,写一封信,
解释说生在这个世界
已经糟到什么程度。

老又黄,穿上长袍,
可能会有所不同,"这些低级的美",
查特酒的绿色本来可能重要

"京都,托莱多,
贝拿勒斯——都是圣城——
闪耀的剑桥也弥补不了……
那个……无爱的恐怖,
在春天驾车从巴黎一路向南
去锡耶纳再向南也无济于事……"

振作起来的亨利，郁闷的亨利，

对着事物低吠。

男人们的失望很矍铄，

可爱小孩作恶多，

女人过得苦，亨利都有把握，亨利

品尝着人生的所有秘密碎屑。

译注：
1. 第2节第2行："这些低级的美"，引自圣奥古斯丁《忏悔录》卷四第十三章："……我所爱的只是低级的美，我走向深渊，我对朋友说：'除了美，我们能爱什么？什么东西是美？美究竟是什么？什么会吸引我们使我们对爱好的东西依依不舍？这些东西如果没有美丽动人之处，便绝不会吸引我们。'我观察到一种事物本身和谐的美，另一种是配合其他事物的适宜，犹如物体的部分适合于整体……"（周士良译，商务印书馆，1963年，第64页）
2. 第2节第3行：查特酒绿色，这里的查特酒（chartreuse）是指自从中世纪就有的由修道士们炼制的一种植物药酒，一般呈黄绿色。另有一种草以圣奥古斯丁命名。
3. 第3节1—2行：京都、托莱多和贝拿勒斯之所以都称为圣城，是因为京都是日本佛教和神道的中心，又是日本曾经的政治文化中心，托莱多是罗马天主教在西班牙的主教所在地，在历史上的不同时期也曾是犹太人和穆斯林的重要宗教中心，而印度的贝拿勒斯则是恒河上的印度教圣城，每年有很多印度教徒来此沐浴和火化。

4. 第3节第3行：贝里曼1936—1938年曾获奖学金进入剑桥大学的克莱尔学院读书，他曾说剑桥自带神圣的光环。

5. 第3节第6行：意大利的锡耶纳（Siena）曾是十四世纪宗教运动的中心，出过两位神秘主义者，圣凯瑟琳（St. Catherine of Siena, 1347—1380）和圣伯尔纳定（St. Bernardino of Siena, 1380—1444），同时也产生了一批著名的宗教画家。参见《梦歌29号》。

梦歌 75 号

在脑子里翻来覆去,琢磨,像个疯子,
亨利炮制出一本书。
这不会带来任何伤害。
既没有排月经的　星星(也没有男人)
被感动过一次:
裸狗们凑近再看一眼,

在那里进行友好的手术。
恢复后,吠叫得欢欣。
季节流转,去了又来。
叶子飘落,但只有几片。
这硕大的不凋零的潮湿东西,
自豪如坚挺的树干、蓝绿色,

侥幸活下来的亨利,野蛮,考虑周到,
他创造的事,
开始触动过路人,从绝望深处,

以至于老头儿们将六尺的儿子扛在酸痛的肩上,

还有被称为女孩的漂亮女人,

一晌沉溺于梦,走向那棵闪亮而蓬勃的树!

译注:
1. 题注:这首诗献给贝里曼的好友、著名小说家索尔·贝娄,因为贝里曼觉得在他写下文所说的长诗时,贝娄给予了他最大的鼓励。
2. 第1节1—2行:这里说的书指的是贝里曼写于1948—1953年、出版于1956年的长诗《向布兰德斯特里特夫人致敬》,这部长诗让贝里曼获得普遍声誉。
3. 第2节第1行:在黑暗中进行手术,这个意象可参见《梦歌67号》。
4. 第3节第6行:"闪亮而蓬勃的树",可能再次回到了通奸主题。参见《梦歌1号》《梦歌57号》。

梦歌 76 号 亨利的自白

最近,没什么糟糕事发生在我身上。
那你该如何解释?——我可以解释,骨板先生,
根据你令人困惑的零星的清醒。
清醒得像个男人可能的那样,没女孩、没电话,
能有什么糟糕事发生,骨板先生?
——如果生活是一块手绢三明治,

我在死亡的谦逊中加入我父亲,
他竟敢在多年前把我抛下。
一颗子弹落在水泥地上,呈 X 型
倒在南方那座令人窒息的海边,
小岛上,就在我膝下。
——你源自饥饿,骨板先生。

我为你献上这块手绢,现在
把你的左脚放在我右脚旁边,
肩并肩,听着那爵士音乐,

手拉手,在这美丽的海边,

哼个小曲吧,骨板先生。

——我看到没有人来,所以我自己上阵。

译注:
1. 题注:这首诗中描述到贝里曼亲生父亲之死,第2节中所描述的景象来自1926年6月27日报道他父亲自杀的地方小报《坦帕论坛报》(*The Tampa Tribune*)。
2. 第1节第6行:"手绢三明治",指向生理层面的果腹与精神安慰的递手绢,或说这里饥饿(第2节第6行)本质上就是精神层面的,而他未命名的朋友一直是他的抚慰者、给他递手绢的人(第3节第1行)、让他哼个小曲的人(第3节第5行)。
3. 第3节第4行:"在这美丽的海边"(By the Beautiful Sea)是当时一首非常流行的歌曲,1959年梦露主演的电影《热情如火》(*Some Like It Hot*)中也有这首歌。

梦歌 77 号

下流的亨利羞怯地从这世界爬上去,
剃了毛、摇动杠铃,他穿得人模人样,
而警佐管着数千个穷人,听他的演讲话题,
啊,亨利的华彩时刻,对很少和没有的人打哈哈。
他一手拿着一本专著,
为了前进而剥得精光。

——走开,骨板先生。

——亨利厌倦了冬天,理发
和一颗神经质的舒服的　易堕落的骄傲的国家
心灵　以及春天(在一个如此称呼的小城)。
亨利喜欢下落季节。
他将为永远生活在下落世界
做好准备,不知悔改的亨利。
但是下雪和夏天令人悲伤也令人做梦。

这些凶猛而飘忽的职业,以及爱情,

咆哮掉亨利许多年月,

这可算是一场奇迹,他每只手里

都拿着自己疯狂的著作等物,

点亮双眼的古老火焰,他头脑充实,

心也充实,他已准备好前行。

译注:
1. 第1节第2行:这里又是讲贝里曼1957年在印度讲学的事。
2. 第3节2—3行:"骄傲的国家心灵",参见《梦歌26号》。贝里曼在印度讲学时,一位当地教授对他说,美国根本没有值得一读的诗人,这让他非常愤怒。
3. 第3节第3行:一个叫作春天的小城,应该是指印第安纳州的伯明顿,该城镇英文 Bloomington,字面意思可理解为"开花镇"。贝里曼1961年夏天曾在印第安纳大学伯明顿分校执教。

贝里曼年谱

1914　　10 月 25 日出生。生父约翰·艾伦·史密斯,母亲玛莎·(利特尔)史密斯,其父在俄克拉何马州麦卡里斯特(McAlester)的一家银行工作。

1919　　贝里曼的弟弟罗伯特出生。

1920-1921　　史密斯一家搬到俄克拉何马州的阿纳达科(Anadarko),生父在州立第一银行工作,贝里曼在西级(West Grade)学校上学。

1924　　生父从银行辞职,担任渔业和猎物保护官。

1925　　生父母出差去佛罗里达,贝里曼兄弟俩在俄克拉何马州奇卡沙(Chickasha)的圣约瑟夫学院(St. Joseph's Academy)住校。

1926　　史密斯一家搬到俄克拉何马州的坦帕市(Tampa);
一家人认识了房东约翰·安格斯·贝里曼(John Angus Berryman);
6 月 26 日清晨,生父用手枪自杀,当时夫妻两人正打算离婚,也有学者认为这可能不是自杀;
9 月 8 日,玛莎改嫁给贝里曼,孩子们随之改姓贝里曼;

贝里曼一家搬到纽约，诗人贝里曼在杰克森岭 69 号的公立学校读书。

1928　贝里曼入读康涅狄格州的南肯特学校。在那儿，他被同学霸凌，很不开心，不过学习成绩很不错。

1931　试图自杀。

1932　入读纽约的哥伦比亚大学；
受到老师马克·范·多伦的良好影响，成为一名学者。

1936　以美国大学优等生的荣誉毕业，并获得奖学金留学英国；
进入剑桥大学克莱尔学院；
出席 T. S. 艾略特的讲座；
与 W. H. 奥登结识。

1937　结识狄兰·托马斯、威廉·巴特勒·叶芝；
遇到贝亚特丽丝，订婚，夏天去德国旅行；

1938　回到纽约，贝亚特丽丝来看过他；
结识贝恩·坎贝尔（Bhain Campbell，1911—1940），二人成为很好的朋友；
担任 *Nation* 杂志的诗歌编辑。

1939　结识戴尔莫·施瓦茨；
担任底特律的韦恩州立大学英语教员，第一次精神崩溃。

1940	担任哈佛大学英语教员（四个月）； 发表20首诗，收入《五位美国青年诗人》； 贝恩·坎贝尔死亡。
1941	遇到艾琳·帕特丽夏·穆里根（Eileen Patricia Mulligan, 1918—2002）。
1942	出版《诗集》； 与艾琳结婚。
1943	结束了哈佛的教学合同，到处找工作，打短期教学工； 任普林斯顿大学教员，合约一年； 与诗人、评论家理查德·布莱克默（Richard Blackmur）成为同事。
1944	结识罗伯特·洛威尔； 获得洛克菲勒基金会资助； 结识埃德蒙·威尔逊、保罗·古德曼（Paul Goodman）等人。
1945	为国会图书馆录自己的诗歌； 洛克菲勒基金会资助再续一年； 受邀纂写小说家史蒂芬·克莱恩评传； 写作短篇小说《想象的犹太人》(*The Imaginary Jew*)，获得肯庸评论竞赛一等奖。
1946	担任普林斯顿大学创意写作教员（1946—1947），学生包括W. S. 默温（W. S. Merwin）。
1947	遇到"丽丝"（Lise），以这场婚外情作为主题，写作

长篇十四行组诗，最终于 1967 年以《贝里曼的十四行诗》(*Berryman's Sonnets*) 为题出版，共 118 首；

与 T. S. 艾略特见面；

开始精神分析治疗。

1948　　开始写作长诗《向布兰德斯特里特夫人致敬》(*Homage to Mistress Bradstreet*)；

出版诗集《一无所有者》(*The Dispossessed*)；

结识索尔·贝娄并成为终生好友，结识埃兹拉·庞德；

受聘为普林斯顿大学创意写作驻校讲员。

1949　　写作从未完成的长诗《黑书》(*The Black Book*)；

获得"担保人"(Guarantors) 诗歌奖；

获得美国诗歌协会的雪莱纪念奖；

作为 Alfred Hodder Fellow 受聘于普林斯顿大学 (1950—1951)。

1950　　在西雅图的华盛顿大学教学一年；

获得列文森 (Levinson) 诗歌奖；

《史蒂芬·克莱恩评传》出版；

在佛蒙特州大学教学两星期；

结识兰德尔·贾雷尔。

1952　　春季学期担任辛辛那提大学诗歌教授；

因莎士比亚研究和创作而获古根海姆奖 (Guggenheim Fellowship) (1952—1953)。

1953　　完成《向布兰德斯特里特夫人致敬》，首发于《党派评论》；

贝里曼夫妇两人游欧，结识西奥多·罗特克、路易斯·麦克尼斯（Louis MacNeice），后来去伦敦麦克尼斯夫妇家；

与妻子艾琳分居，贝里曼后半年在纽约。

1954　在爱荷华大学教学半年，同时学习希伯来语，学生包括 W. D. 斯诺德格拉斯（W. D. Snodgrass）、唐纳德·贾斯提斯（Donald Justice）；

在哈佛大学暑期学校教学；

下半年回到爱荷华大学教书，因为酗酒闹事被解聘；

接受诗人艾伦·泰特的建议，去了明尼阿波利斯；

开始较长时间的解梦与分析。

1955　开始在明尼苏达大学人文学院任教；

开始写作《梦歌》。

1956　与艾琳离婚；

与伊丽莎白·安·莱文（Elizabeth Ann Levine）结婚；

《向布兰德斯特里特夫人致敬》出版；

获得《党派评论》授予的洛克菲勒诗歌奖。

1957　获得哈丽叶特·门罗诗歌奖；

儿子保罗出生；

获得明尼苏达大学人文学院的终生教职；

去日本旅行；

在美国新闻处的安排下，在印度讲学两个月；

年底，一家去西班牙旅行。

1958　受聘为明尼苏达大学跨学科研究部副教授；

出版诗歌小册子《他的思路产生疙瘩而飞机有些颠簸》(*His Thought Made Pockets & the Plane Buckt*)。

1959　　　和安离婚；

获得布兰德斯大学创作艺术奖；

6月份在犹他大学教学两个星期。

1960　　　在加州伯克利大学语言系执教一学期；

出版《阅读的艺术》(*The Arts of Reading*，与拉尔夫·罗斯、艾伦·泰特合著)。

1961　　　在印第安纳大学文学系执教八个星期；

与凯瑟琳·多诺霍（即凯特）结婚。

1962　　　在佛蒙特州布莱德洛夫英语学校教书；

结识罗伯特·弗罗斯特；

受聘为布朗大学访问教授（1962—1963）；

参加华盛顿特区举办的全国诗歌节；

女儿玛莎（Martha）出生。

1963　　　全家在罗得岛州乡下消夏；

获得美林基金会（Ingram Merrill Foundation）的奖；

年底几周在华盛顿度过。

1964　　　《梦歌77首》出版；

获得美国国家艺术与文学学会（National Institute of Arts and Letters）的罗素·劳恩斯（Russell Loines）奖；

在明尼阿波利斯买了房子。

1965　　　《梦歌77首》获得普利策诗歌奖；

获得古根海姆奖。

1966　　　全家旅居爱尔兰都柏林（1966—1967）。

1967　　　获得美国诗人学会（Academy of American Poets）授予的五千美元奖金；
获得美国国家艺术基金会（National Endowment for the Arts）授予的一万美元奖金；
《贝里曼的十四行诗》《短诗选》出版。

1968　　　《他的玩具、他的梦、他的休息》（*His Toy, His Dream, His Rest*）出版。

1969　　　获得美国国家图书奖、博林根诗歌奖；
《梦歌》全本出版；
受聘为明尼苏达大学专席人文教授；
进入康复中心治疗酗酒。

1970　　　入明尼阿波利斯艾伯特医院治疗酒精依赖，后转入圣玛丽医院继续治疗；
出版《爱与名利》（*Love & Fame*）。

1971　　　写小说《康复》（*Recovery*）；
二女儿莎拉（Sarah）出生；
获得美国国家人文基金会奖。

1972　　　1月7日晨，从连接明尼阿波利斯和圣保罗之间的大铁桥上坠桥自杀。

死后出版物

1972 诗集《幻灭及其他》
      Delusions, Etc.
1973 小说《恢复》
      Recovery
1976 文论与故事《诗人的自由》
      The Freedom of the Poet
1977 《亨利的命运及其他诗歌，1967—1972》
      Henry's Fate & Other Poems, 1967–1972
1988 《我们梦想荣耀：贝里曼致他母亲的书信》
      We Dream of Honour: John Berryman's Letters to His Mother
1989 《诗全集 1937—1971》
      Collected Poems 1937–1971
1999 文论集《贝里曼的莎士比亚》
      Berryman's Shakespeare: Essays, Letters and Other Writings
2004 《诗选》
      Selected Poems
2014 诗选《心是奇怪的》
      The Heart Is Strange: New Selected Poems
2020 《贝里曼书信选》
      The Selected Letters of John Berryman
2021 《贝里曼会谈录》
      Conversations with John Berryman

译后记

自白派的译介对于中国当代诗歌的发展有过非同寻常的意义，而最近几年，我们也陆续看到了几位自白派诗人作品的单行本译文。然而，自白派的一位代表人物约翰·贝里曼的作品却一直没有译本出版。因此，首先要感谢雅众文化的约稿，以及引进贝里曼诗集的决定，并且在《梦歌》公版之前购买了版权。虽然，由于预料不到但大家都知道的原因，这本书比预期面世晚了一点，但汉语世界中的美国自白派终于介绍得算是比较全面了。

所谓自白派是美国诗歌从现代转向当代的一个标志，似乎也是中国当代诗人与诗歌读者耳熟能详的标签。自白派是美国评论家 M. L. 罗森塔尔（M. L. Rosenthal, 1917—1996）在 1959 年评论罗伯特·洛威尔诗集《生活研究》（*Life Studies*）时提出的，而美国诗歌中的"自白"模式在此之前已经存在于包括戴尔莫·施瓦茨、W. D. 斯诺德格拉斯和贝里曼等人的创作中。当然,洛威尔诗集《生活研究》是具有里程碑意义的一本诗集，他也因此成为人们通常理解的自白派的核心人物。1950 年代末，罗伯特·洛威尔在波士顿大学开设诗歌创作班,安妮·塞克斯顿（Anne

Sexton, 1928—1974）和西尔维娅·普拉斯都曾是他的学生，尤其是塞克斯顿，受他指导较多，也是唯一承认自白派这个标签的诗人，而贝里曼曾经直接称他对此标签嗤之以鼻。贝里曼一直和洛威尔是彼此暗中竞争的好朋友，以至于洛威尔在写给贝里曼的挽歌中说："我曾想要活下去／躲掉你给我的挽歌。"如今，人们已经习惯于从所谓的自白派这个并不准确的标签来理解美国二十世纪中期的私人化写作模式，而露易丝·格丽克（Louise Glück）获得诺贝尔奖似乎可以视为一个标志，说明美国这种私人化写作模式的发展已经得到举世认可。

翻译美国诗人约翰·贝里曼的《梦歌》是我多年的梦想，而此刻，写这篇"译后记"时，我相信我的初步目标算是达到了。说是初步达到，是因为这里译出的《梦歌77首》只是《梦歌》的第一部，而且在我看来，诗歌翻译无论多么到位也只能说是初步达到目标，翻译贝里曼的诗尤其如此。

贝里曼的《梦歌》以风格特异、内容晦涩著称，尤其其中个人化的指涉令研究者多年来仍然感到棘手。我翻译注释《梦歌》的基本原则是：一、用语上尽量呈现原文不同语域的用词，努力再现他亦庄亦谐、俚俗雅正糅杂的风格。译文中会混合使用口语和书面语，尤其会以口语呈现黑脸主角的语言。二、原诗以不同格律方式押韵，虽然这在译文中不可能复现，但我基本上做到大部分诗节合韵，从而尽量再现原诗押韵的特色。三、原诗语言往往不合乎正规的语法语序，这已成为贝里曼的独特表达方式，使得他的诗句可能具有不同的含义，而这在翻译中较难再现，主要体现为语法语序的刻意颠倒可能会令读者难以理解，因此我只在不太引起歧义和含混的情形下，才会刻意使用不那么流畅通顺的汉语。四、《梦歌》中有很多新造的词、叠套缩短（telescoped）的词语（两个词各取一部分压缩为一个词），以及混音词（如 I have a sing to shay 中 sing 可以是 thing 或 song，而 shay 则可以是 say 或 share），这在翻译中很难呈现，因此我要么根据上下文选择合适的一个意思，要么在注释中加以说明，但是这种情形可能太多，难以一一加注。五、《梦歌》中有很多用典涉事极其个人化，有时也是刻意隐晦，因此我的注释尽量追索（在此我必须感谢爱尔兰国立高威大学的 Sean Ryder 教授，他于 1989 年以注释和研究《梦歌》而完成的博士论文，给予我很多帮助和启发）。诗歌的注释从来是吃力不讨好的行为，选择注释什么是一件很难平衡的事；就我个人而言，我是不习惯诗歌有注释的。注释多了，读者或许会觉得多余，显得译者好为人师，或者令阅读体验太差。我的注释主要分为三类：一、题注有关诗歌创作背景；二、诗歌中的引文，以及难以就字面理解的译文；三、诗歌中的地名、人名或历史事件。我认为这些注释会有助于对文本字面意义的理解，但我尽量不对文本进行阐释。

我最初读到贝里曼的诗是在 1986 年，2010 年我以《贝里曼的〈梦歌〉研究》为题完成博士论文；这么多年来断断续续翻译《梦歌》,每次只要重看我的译文,都会再次修改,而每次修改,就相当于再译一次。这一修改过程一直持续到交了初稿、责任编辑王文洁女士返回初校稿之后、我再次通读译文并增加注释时,这一回再次改动很多诗行,尤其从节奏音韵的角度修饰调整。在此,必须感谢王文洁女士的耐性、细致,以及尽量沿着我思路进行的推敲。这是编辑与译者之间难得的理解和互动。

         范静哗　2021年6月于狮城

图书在版编目（CIP）数据

梦歌77首：贝里曼诗集 /（美）约翰·贝里曼著；范静哗译. — 北京：北京联合出版公司，2022.8
ISBN 978-7-5596-6196-8

Ⅰ.①梦… Ⅱ.①约…②范… Ⅲ.①诗集—美国—现代 Ⅳ.① I712.45

中国版本图书馆 CIP 数据核字（2022）第 088742 号

梦歌77首：贝里曼诗集

作　　者：[美] 约翰·贝里曼
译　　者：范静哗
出 品 人：赵红仕
责任编辑：龚　将
策 划 人：方雨辰
特约编辑：王文洁
装帧设计：PAY2PLAY

北京联合出版公司出版
（北京市西城区德外大街83号楼9层　100088）
北京联合天畅文化传播公司发行
山东临沂新华印刷物流集团有限责任公司印刷　新华书店经销
字数88千字　1092毫米×787毫米　1/32　6.5印张
2022年8月第1版　　2022年8月第1次印刷
ISBN 978-7-5596-6196-8
定价：58.00元

版权所有，侵权必究
未经许可，不得以任何方式复制或抄袭本书部分或全部内容
本书若有质量问题，请与本公司图书销售中心联系调换。电话：64258472-800

77 DREAM SONGS by John Berryman
Copyright © 1959, 1962, 1963, 1964 by John Berryman
Copyright renewed © 1992 by Kate Donahue Berryman
Simplified Chinese edition copyright ©
2022 Shanghai Elegant People Books Co.Ltd
Published by arrangement with Farrar, Straus and Giroux, New York.
All rights reserved.